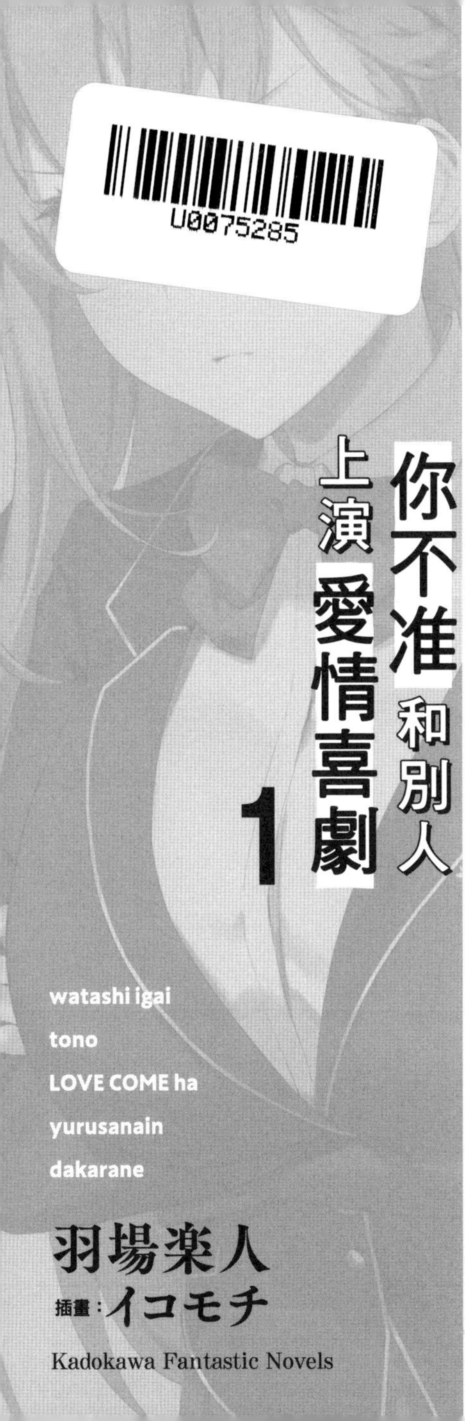

除了我之外，你不準和別人上演愛情喜劇 1

watashi igai
tono
LOVE COME ha
yurusanain
dakarane

羽場楽人
插畫：イコモチ

Kadokawa Fantastic Novels

第一話　想在祕密禁止之下，卿卿我我

男女之間存在友情，是天大的謊言。

最初提倡這個說法的人物並未在歷史上留名，就是證據。

講得出這種蠢話的，不是萬人迷女生用來牽絆曖昧對象的方便藉口，就是踏不出下一步的男生在逞強硬撐。當然，反過來也有可能。

我想說的是，至少瀨名希墨這個男生是做不到的。

我的感情變得太過強烈，無法相信沒有根據的說詞來欺騙內心的真實想法。因為是認真的，在深深苦惱過後，我還是選擇要傳達自己的心意。

我沒想到自己會喜歡上她。

開端或許是個巧合，但這份心意是真實的。

「我喜歡妳。請和我交往。」

在高中一年級的最後一天，我對有坂夜華告白了。

在早早盛開的櫻花下，上演一生一次的關鍵對決。

「瀨名你，喜歡我？」

有坂驚訝到極點地呆愣住。

我約她出來的地方，是校舍後方的大櫻花樹下。儘管我貼心地指定了學校著名的告白地點，現在的情況對她來說好像完全出乎意料。

我從一開始就很清楚，我與她並不相配。

在任何人眼中都美麗又優秀的有坂夜華，與平凡又不起眼的瀨名希墨差距太大了。共同之處頂多只有同班而已。

「這意思是說，瀨名你想和我成為情侶對吧？」

有坂的聲音在發抖。

「無需猜測，我想和妳成為男女朋友關係。我非常認真地，發自內心這麼希望。」

看來她根本沒接收到我鼓起勇氣傳達的情意。

當然，告白是我單方面的選擇。她有何感受是她的自由。我也十分清楚，有坂並不喜歡情人這種特別的關係。

由於長得很美太受歡迎造成的反作用，有坂夜華有點不信任他人。

在不管何時何地都集眾人關注於一身的日常生活中，所有的他人都可能會構成壓力的來源。特別是受她的美貌所吸引的人在告白後被她冷淡拒絕的場面，我也曾看過好幾次。

一方面是由於有坂夜華毫不留情的應對態度，如今已沒有人會找她告白了。

這樣的大美女會喜歡上的幸運兒，到底是什麼樣的男人呢？

老實說，我腦海中甚至想像不出有坂答應我的畫面。

發起如此魯莽的挑戰，我應該很愚蠢吧。

這是場豪賭，要是弄得不好，她直到畢業都不會和我說話。

然而，真正的喜歡沒有道理。

要是處在冷靜狀態，我也不可能與那個有坂如此正面相對。

「男女朋友……！」

有坂就像壓抑吶喊般摀住嘴巴，就這麼踉蹌地往後退。

她的反應不太對勁。

「有、有坂……？」

「瀨名，你說真的？如果我答應了，我們就會成為情侶了啊！」

「嗯。我在分隔兩地時也想與妳聯絡，也想和妳約會。」

「你也想跟我做色色的事情嗎？」

聽到這個忽然跳過程序的問題，我的緊張一瞬間消失了。

「如果我說不感興趣，那是假的。」

我立刻表情認真地回答。

如果這時候退縮或覺得難為情而偷笑，會給她留下噁心的印象。我是認真的。

「真誠實！」

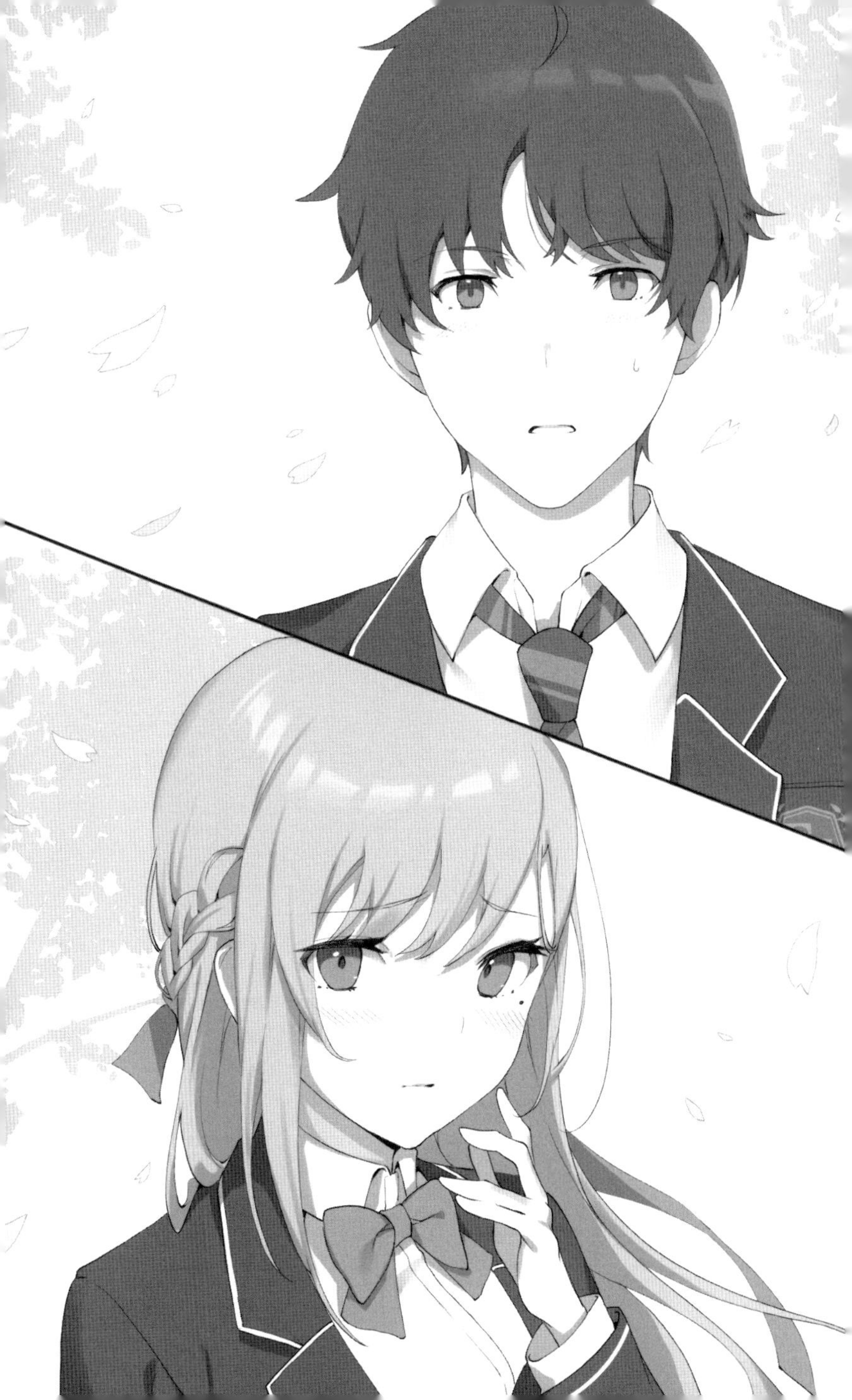

「是有坂妳問我的吧？」

「因為，我沒想到你能這麼氣勢洶洶地回答嘛！」

有坂抱緊自己那副不像這個年紀會有的，充滿吸引力的身體，警戒起來。

她有著纖細的手腳與勻稱的肢體，以及彷彿要強調出細腰一般的豐滿胸部和圓潤臀部。那超猛的女性化好身材，不分男女都會忍不住看得入迷。

「哼、哼～原來瀨名對我有興趣啊。」有坂用變調的聲音說著，試圖維持平常的好強態度。

「話說在前頭，我喜歡上的是妳的內在。這一點可別誤會了。」

「口味真特別。」

「為什麼？」

「因為我的性格絕對不適合戀愛，跟我交往只會吃苦受罪。」

「有坂，妳以前有男朋友嗎？」

「怎、怎麼可能有啊！笨蛋！」

她猛烈地否定。

「那不試著交往看看怎麼知道。因為對男生而言，意中人的缺點，只是感覺到她的可愛的特點啊。」

「真是的，若無其事地講出這麼難為情的話……」

徐徐的風吹過。

有坂的長髮隨風搖曳，櫻花花瓣飛舞。

大概是那些淺紅色花瓣的緣故，她的臉頰看來微微泛起紅暈。

富含光澤的長髮及腰，宛如新雪的白皙肌膚彷彿透著光。

五官輪廓鮮明的清純臉蛋小巧，下巴線條流暢，被又長又濃密的睫毛包圍著的眼眸，大得彷彿要將人吸入其中。

有坂夜華果然是個迷人的女孩。

「我可是在決定告白時就做好覺悟了。」

「覺悟？」

「即使會變成最糟糕的情況，遭到妳的厭惡，我也希望妳知道我的心意。」

「我、我才沒有討厭瀨名。」

有坂舉止非常僵硬。這或許是她以她的方式，盡力給予當了一年同學的我的體諒。

「這樣啊……」

剛剛那句話，應該是「我們以後也繼續當朋友吧」的意思吧。

失敗了嗎？我感到心中緩緩滲出晦暗的情緒。

我想不出可以填滿現場沉默的風趣話語。有坂也默默不語。應該老實地就此離開嗎？正當我這麼想著，有坂向我說出了難以置信的一句話。

「——因為，這是我第一次被自己喜歡的人告白。」

……我沒有聽錯吧？

她的確說我是「自己喜歡的人」。

「有、有坂，妳剛剛說什麼？」

「真是的～不行～！我受不了了！」

她忽然放聲大喊，轉向櫻花樹。纖細的肩頭顫抖搖晃。

「怎麼了，有坂？妳為什麼在顫抖？」

「這不是真的吧？瀨名居然喜歡我！會有這種事嗎？如果這是場夢，我不要醒來！」

連雙腳都在亂動，有坂夜華發出歡喜的尖叫。

她以全身表達出喜悅，簡直像個在聖誕節清晨收到想要的禮物的小女孩。

「妳的情緒還真激動。」

「這是誰害的！你要負責！」

「咦咦，是我挨罵？」

有坂夜華靈活地一下開心一下又惱羞成怒，絲毫沒有平常冷靜的氣質。

接著她轉向我，慌亂的表情也緩和下來。

她用雙手往上推了推泛紅的臉頰。即使這麼做，也難掩眼中閃耀的喜悅光芒。

「我、我們可是兩情相悅！叫我別興奮才是強人所難！」

「妳為此覺得興奮啊……」

「瀨名你的情緒為何這麼平靜？你不高興嗎？」

「妳的反應太出乎意料，讓我錯過了高興的時機。」

太過缺乏真實感的發展，反倒使我變得冷靜。這不會是整人秀吧。

「真無聊！只有我覺得高興，簡直像個傻瓜一樣。我本來非常緊張的呢，連現在都還覺得緊張！」

她注視著我的大眼睛喜極而泣，如寶石般閃閃發光。

這本該是分享喜悅的幸福場面吧。

我卻突然被情緒格外興奮，與我兩情相悅的女朋友唸了一頓？雖然有點不知所措，但我做個深呼吸，篤定這就是現實之後……

「……可以嗎？如果解放了真實的情緒，我會像狗一樣衝來衝去喔。」

我一臉得意地預言。

「那樣好煩人。被別人發現很難為情，又很麻煩。」

有坂也稍微冷靜了一點。

我們重新互望，又彼此立刻別開眼神。

「那個，雖然妳的心情算是傳達給我了。」

「什麼叫算是呀？」

「我很清楚妳對我有好感，但是……」

「但是？」

「我還沒聽到告白的答覆。」

「我高興到忘得一乾二淨……不能省略嗎？」

「不能。這是超重要的部分。」

這一點不能讓步。

「真、真不溫柔。」

「因為從一開始就寵溺，不會有什麼好結果！」

「……但是我非常緊張耶。」

有坂連耳根都變得通紅，好幾次輕咬下唇。她似乎試圖說出關鍵的台詞，卻沒發出聲音。

「有坂，要不要做個深呼吸？」

「嗯。你等一下。」她大大地吸氣又吐氣兩次。波濤洶湧的胸部大幅起伏。

「冷靜下來了嗎？」

「瀨名，真虧你能說出告白耶。」

「謝謝稱讚。也快點讓我稱讚妳吧。」

「別因為自己先說完了，就擺出一副從容的樣子！」

「妳也太愛掩飾自己的害羞了吧！這是一定會勝利的告白吧！」

到了這個節骨眼還不肯認命。別氣勢洶洶地在那害羞啦，因為很可愛，我都快忍不住放過妳了。

「你、你知道我暗戀了多久嗎？半年耶！再多等一會兒也可以吧！」

「……妳從那麼久之前就喜歡上我了？我還以為妳完全沒將我當成男性看待。」

衝擊性的事實。原來我們兩情相悅的期間相當長。

「因、因為你從夏天前開始一直～天天來美術準備室啊。明明沒有事情要辦，卻和男生兩人獨處，讓我非常緊張。」

悄悄地位於校舍一角的美術準備室，是老師默認的專屬於她的祕密基地。

除了上課時間，有坂夜華都待在那裡。而我則天天過去找她說話。無論我什麼時候去找她玩，有坂都一臉不悅地應對我。原來那是緊張的反應嗎？

「我也一樣很緊張啊。」

「真虧你能毫不放棄地幾乎天天都來，瀨、瀨名你是有多喜歡我啊。」

有坂竭力地逞強，試圖保住自己的優勢地位。

「當然喜歡。所以我剛剛向妳告白了嘛。」

「不要再提醒我了！我會更緊張的！」

「原來我的愛有這麼大的影響力嗎？」

被人告白過無數次的美少女慌張的模樣超珍貴的。

「因為——只有瀨名是特別的。」

有坂像硬擠出聲音般坦白真相。

「……所以，我才會應你的邀約過來。」

有坂忸忸怩怩起來，她似乎從一開始就理解了我找她來這個地方的意義。

「有坂夜華同學，請讓我聽聽妳的答覆。」

我緩緩地催促著決定性瞬間的到來。

「……瀨名。」

「嗯。」

「啊～～我到極限了。瀨名！後面的話下次再說。」

「咦，後面的話？有坂？有坂——！」

在我感到困惑的時候，她奔跑著離開了校舍後方。

「下次……接下來就到新學期了耶。」

我茫然地呆立不動，忽然感覺到不同的視線。

我環顧周遭，又仰望校舍那邊，卻沒看到人影，是錯覺嗎？

在櫻花爛漫的春日，我的告白讓有坂為了我們的兩情相悅歡喜萬分。
但是，我沒聽到明確的答覆，就這麼進入了春假。

◇◇◇

我度過了鬱悶到不行的春假。
依照有坂的反應來看，要說她喜歡還是討厭我，那無疑是喜歡我的吧。
那麼，她為何要延後答覆？
只要講出「喜歡」兩字，我們的關係就會可喜可賀地升級為情侶。
這麼一來，我明明就能興奮得像個傻瓜似地度過春假了……
「嗚嗚，真難受。」
未得到答覆的我，陷入沒有出口的妄想地獄。
晚上也無法入睡，這段春假期間完全情緒不穩定到了極點。
無比接近情人的朋友這種不上不下的關係激發我奇怪的妄想，另一方面又讓我變得疑神疑鬼，為了根本沒發生的事自顧自地受傷。我在床上反反覆覆地想著這些。
「……要是有跟她交換聯絡方式就好了～」
沒有有坂夜華名字的手機畫面空虛地發著光。

即使後悔也太遲了。

她並未與任何同學交換聯絡方式。當然我也一樣。即使我一直以來都有去她藏身的美術準備室，那時也錯過了時機，所以我直到今天都不知道她的聯絡方式。

因為什麼也做不了，我只能乖乖地等待春假結束。

真是艱苦的修行。

認真喜歡上一個人，原來是這麼讓人心情鬱悶嗎？

畢竟我的年齡＝沒有女朋友的年資，嚴重缺乏經驗。

像是碰到這種情況，採取什麼行動就會很順利之類的知識也等於零，也無法作出預測。

新手只能突然投入實戰累積經驗，是戀愛的無情之處。

我原本就不是對戀愛抱有強烈憧憬的類型。

雖然在進入青春期後抱著有一天能交到女朋友的淡淡希望，但也還沒有焦慮到想盡快擁有女朋友的程度。

因此，改變我的人無疑是有坂夜華。

戀慕之心會成為行動力，也可能會化為侵蝕自身的詛咒。

不規律的生活作息令我臉色糟糕，沒有意義地在走廊上徘徊，在浴室發出怪聲，突發性地暴飲暴食，又或者做重訓做到渾身大汗折磨自己，做出諸如此類的行為。

我的行動似乎可疑到讓就讀小學四年級的妹妹都害怕地說：「希墨，你怪怪的耶。」

還有，妳該好好地稱呼我為哥哥。

結果，除了朋友的邀約之外，我春假幾乎都窩在家中。

理應短暫的春假，從來不曾讓我感覺如此漫長。

接著，我迎來了新學年首日。

我在鬧鐘響起前起床，迅速換上制服西裝外套，隨便繫了領帶後，連早餐也沒吃就離開家中，比平常提早一大截時間到校。

我查看張貼出來的二年級分班表，發現我和有坂都分在二年A班，擺出勝利手勢。

我第一個進了教室，等候她的到來。

我心神不寧地跟陸續到校的相識朋友們打招呼，但有坂一直都沒有出現。

不久後，今年也擔任我的班導的神崎紫鶴老師走進了教室。

如同算準了那個時機，有坂夜華在最後一刻到校了。

隨著有坂出現，教室內的氣氛為之一變。

同學們心思浮動地望向美麗的少女。

一頭長髮飄揚，有坂若無其事地忽視了從所有角度傾注過去的羨慕視線。

在這些注視之中，向她投以最熱烈目光的人當然是我。

她連看也沒有看我一眼。

就像我變成了透明人一樣，她無視了瀨名希墨。

她在走向自己的座位時明明經過了我身旁，卻不讓我進入她的視野。有坂用比平常更一本正經的表情，明顯地把我當作不存在。

「這算什麼？」

有坂的態度令我感到困惑。好奇怪。這一定不對勁。

我從椅子上微微起身，嘗試著要觀察有坂的樣子。然而從這邊頂多只看得到她美麗的側臉。睫毛好長啊～

「瀨名同學，請面向前方。你怎麼毛毛燥燥的，是快憋不住了嗎？」

神崎老師以沉穩的聲音告誡我。

「我各種東西都快憋不住了，很糟糕。」

「別讓自己出醜。你從今天開始就是高二生了。」

冷淡的神崎老師置若罔聞，這段對話逗得同學們發笑。

有坂是唯一沒笑的人。她是不是討厭我了？

為了排解不安，我試著用正面的角度看待她的反應。

她說不定是在害羞。就連告白的時候，她都緊張得無法當場回應，在告白之後首度重逢，會舉止僵硬也是難怪。

「……就算如此，也未免太無視我了吧。」我小聲抱怨。

她知道我在這個春假有多麼焦慮不安嗎？

明明總算見面了，她的行動舉止卻那麼極端。我也無法否定，只有我的感情變得越發強烈，對方卻完全不在意的這種可能性。

以有坂的情況，她很可能在春假中熱情消散，若無其事地告訴我「還是算了」。

我漸漸真的感到不安了。

「好了，同學們，接下來要舉行開學典禮，移動到體育館吧。」

當大家紛紛起身走到走廊上，我先走向有坂的位子。

只有她還坐在椅子上沒有動。

「有坂，今年我們也同班呢，請多指教。」

我先用安全的話題試著與她攀談。

「──我早就知道了。」

她如此回答的聲音很冷淡。

「咦，妳說什麼？」

「無關緊要吧。」

「有坂，到底怎麼了？」我的聲音微微變調。

「沒什麼。」

「還說沒什麼，妳感覺怪怪的……」

當我繞到有坂的正面，她撇頭避開了我。就連試圖裝作漠不關心的冷漠側臉都美得讓我不禁看呆了，真是惡質。

啊啊，我為這個女孩著迷。

可是，現在的氣氛實在不容我詢問告白的答覆。

當我回過神時，教室裡只剩下我們兩人。

「兩位同學，要走嘍。」神崎老師在走廊上出聲。

「抱、抱歉！我們會立刻追上去！」

我不禁馬上這麼回答。

「……別遲到了。」神崎老師沒有再多說什麼。

話雖如此，我想不出解決的方法。不過，我總覺得一旦錯過這個時機，就一輩子都聽不到告白的答覆了。

吶，有坂。對於我的告白，妳很高興地說過這是兩情相悅吧。

為此感到高興的人不是只有我而已吧？

本來在走廊上擠作一堆的同學們氣息已經遠去，或許是選擇了這個時機……

「——對不起，讓你久等了。」

她小聲地開口。

「咦？」

我們終於四目交會。

「當時我高興得忘乎所以，感覺已經頭昏腦脹了。」

有坂的視線匆忙地游移著，看看我的臉又害羞地轉開目光。

「我立刻就後悔沒有當場給你回覆了。沒成功傳達自己心意的感覺原來如此痛苦，讓我感到自我厭惡。所以春假期間……明明是兩情相悅，我卻一直都很煎熬。」

有坂微微垂下眼眸，振作起來。

「吶，當時的告白還有效嗎？」

她迎面直盯著我。這次她沒有轉開視線，靜靜等待著我的反應。

「當、當然了！一直有效！永遠有效！」

我迅速地回答。

「我現在會好好地說出對告白的答覆。」

有坂仰望著我，直接說出了我想要的話語。

「我也喜歡瀨名。我一直都喜歡著你。所以，我要接受你的告白，請讓我成為你的女朋友。」

如果有世界上最幸福的時刻，那就是與喜歡的女生確定能交往的那一刻吧。

沒想到我的人生也會有這樣的時刻。

我沉浸在沒有體驗過的感動中，一時之間動彈不得。

「瀨名？」

有坂纖細的手指觸碰我的手背。或許是緊張的緣故，她的手很冰。

接觸到不同的體溫，我終於回過神來。

「——啊。」

一放下心頭大石，我的肚子大聲地咕嚕嚕叫了起來。

我們面面相覷，爆笑出聲。

「吶，等一下，你對我的答覆居然是肚子叫，這是認真的嗎？真不敢相信！」

有坂捧腹大笑。

「這、這也沒辦法啊！因為我太過在意妳的事，連早餐都沒吃！」

「喔～那麼，你的領帶歪得這麼厲害，也是打領帶時匆匆忙忙的關係？」

聽到她這麼說，我才察覺了這一點。

「真沒辦法～」她站起來，向我的衣領伸出手。

我靜靜待著任由她調整。距離靠得好近。

「好，弄好了，怎麼樣，會不會很緊？」

有坂以絕妙的鬆緊度漂亮地打好了領帶。

「很完美。」

「是嗎，那就好。」

「謝、謝謝。」

「我不喜歡邋遢的人。」

「以後我會全力注意儀容的。」

「這次是我的責任。這點小事，要我幫你重打幾次都行。畢竟我是你的女朋友嘛……」

有坂得意地笑了。

咦，這個可愛的存在也太棒了吧？

「有坂。」

「什麼事？」

「我超喜歡妳的。」

「禁止像這樣突然襲擊！特別是在別人面前，絕對不可以喔！」

「為什麼？我只是說出自己的心情而已嘛。」

「我不擅長這樣！啊，還有我們交往的事對任何人都要保密喔！這是約定！」

「那是無妨，但我可以問問理由嗎？」

「因為我雖然高興，但會覺得害羞。我還很緊張，而且這種關係是只屬於兩人的特別之事吧？在別人面前卿卿我我也像愛放閃的笨情侶，我不喜歡那樣。我不想被別人發現，被無關的人說三道四，感覺很噁心。吶，求求你。」

我不可能拒絕她的請求。

「——相對的，在兩人獨處時就可以盡情地像情侶般相處嘍。」

「嗯。啊，咦？」

我走近了一步。

「等、等等，瀨名。你也突然變得太積極了！」

「……現在沒有人在場，可以做像情侶會做的事吧？」

「所以，我都說了禁止突然襲擊呀！」

「我已經忍到極限了。」

我如呢喃般地告訴她現狀。

「那個，等等！雖然我也不是不感興趣！但這種事情最好要依照正確順序按部就班地來……」

我向慌張的有坂又走近一步。

「瀨名，我、我……」

「——有坂，開學典禮要開始了，得趕快到體育館去才行。如果遲到會很顯眼的。」

我迅速地走出教室。

「瀨名意外地壞心眼呢！」有坂也來到走廊上。

「這是春假的反作用力，原諒我吧。」

「我明明好好地答覆你了。」

「別鬧彆扭嘛。我應該在那裡當場吻妳嗎？真愛撒嬌呢。」

「發情的人是你吧！」

有坂來到我身旁，準備直接追過我。

「別在走廊上跑步。」

「我的腿長得比別人長呀。」

「我知道。」

「色狼。你老盯著我的腿看對吧。」

「硬要說的話，我盯著的是其他部分。」

「咦，是哪裡？」

「祕密。如果講出來，妳又會害羞了。」

「瀨名真好色。」

「這句話我就當成讚美收下了。」

我們像賽跑般匆匆穿越無人的走廊，前往體育館。

又回到了可以輕鬆閒聊的狀態。

不過，我們不再是朋友。我們成為了情人。

第二話　喜歡之情流淌而出

我的高中生活有了女朋友。

『——來，希墨。過來這裡……』

『不行啊，夜華。難得妳幫我重新打好領帶，怎麼能馬上解開。』

『這種東西現在只會礙事，我想更近距離地感受你。』

『可是，在教室裡不好吧，如果有人來了……』

『那樣不是更令人興奮。坦誠以對吧，要忍耐在春假已經忍得夠久了。』

『……可以嗎？』

『我也來脫掉制服喔。』

『夜華。』

『希墨，可以喔。』

——我的妄想一直失控狂飆。由於這樣，我對於她答應告白後的事情都記不太清楚了。

我興奮到完全不在意校長冗長的致詞，開學典禮在不知不覺間結束，我回到了教室。

老實說，我對自己在導師時間作自我介紹時說了什麼話記憶也很模糊。

多虧去年我在籃球社時結識的朋友七村龍隨便挖苦了幾句話，氣氛應該沒變得很奇怪。相對的，有坂僅僅最低限度地報上姓名後就乾脆地結束了。

「我是有坂。我沒什麼話要說。」

她的言行舉止冷靜到就像開學典禮前與我的對話沒發生過一樣，令我不禁很佩服。看樣子，忍耐力受到考驗的人似乎只有我而已。

在結束自我介紹就坐時，她瞥了我一眼。

那視線短暫的互動，讓我切實感受到告白成功了。

糟糕，我不禁自然地咧嘴露出笑容。

和有坂夜華在一起時，為了不輸給稀世美人給予的緊張感，我得以維持住堅決的態度。但這種緊張感解放後，我的腦海中就開滿小花，一片色彩繽紛，春光正好。

你可以笑我是花痴。我自己也嚇了一跳。

「這種狀態很危險啊。」我為未來感到憂心。

如約定一般，我不準備在教室中與有坂表現出情侶的舉動。我本身也無意炫燿美麗的情人，反倒對於保密有種優越感。

但即使打算隱藏，感情也會從各方面流淌而出。

我一邊想著必須警惕，一邊忍不住直盯著自己的女朋友觀察。

「真不愧是提議保密的人，表情是超級撲克臉呢。」

有坂堅持著一本正經的態度。看她表現得那麼冷靜，連我都有一瞬間險些忘記我們正在交往。

我試著托住臉頰並捏了一下，疼痛確實傳來。這是現實。

「瀨名同學，你從剛剛開始不是在發呆就是坐立不安，注意力很散漫喔。」

站在講臺上的神崎老師看不下去地開口提醒。

「我的反應那麼奇怪嗎？」

「打起精神來，因為今年我也打算請你擔任班長。」

「支倉同學，請代替他喊口號。」神崎老師有點無言地指名了另一個學生。

「是。今天瀨名同學心不在焉，那就由我支倉來代為喊口號。起立──」

在支倉朝姬聲音悅耳的口號之下，今天的導師時間結束了。

「墨墨，你早上明明一副剛徹夜守靈完的表情，現在心情卻心花怒放呢。」

用倦怠的聲音找我說話的女孩，是去年也同班的宮內日向花。

她留著金色短髮，戴著耳環。長相非常稚氣，但眉眼美麗清澈，滴溜溜的眼眸讓人想到可愛的小動物。個子嬌小的她皮膚白皙纖瘦，腿也細得像竹竿一樣。她身上披著Oversize的連帽外套，而不是制服外套。連帽外套總是從一邊肩頭滑落，將過長的袖子甩來甩去，是她的習慣動作。

我們就讀的永聖高級中學雖然是升學高中但校風自由，容許個性化的裝扮，不過她有種獨特的可愛，受到大家的喜愛。

順道一提，她還有為親近的人取奇怪綽號的習慣。我叫希墨，所以綽號是墨墨。因此我也叫她小宮。

「是嗎？我很正常啊。」

「完全不一樣啦。神崎老師也是，居然連續兩年都指名你當班長呢。」

「不然小宮來代替我吧。」

「女生這邊一定是朝姬吧！」

「我可沒說我要接受喔。」

「去年你也這麼說，結果不是沒拒絕嗎。」小宮笑著說道。

「我也投瀨名一票。因為你來當班長的話，感覺會接受各種困難的請求。」

「七村，別把我當成雜務工。」

加入對話的人，是籃球社的主將七村龍。他身高一百九十公分，肌肉結實，和小宮站在一起就像是巨人與妖精一樣。

「七七，我們今年同班呢。多多指教～」

「喔，多多指教。宮內今天也很小巧呢。」

「是七七你太大隻了～」

全班最魁梧的男生與最嬌小的女生和平地聊著天。

「對了，瀨名。自從回教室以後，你盯著有坂也看太久了，發生了什麼事嗎？」

「……我沒看那麼久啦。」

聽到七村指出這一點，我裝傻回應。

「騙人。你盯著她猛看，眼睛都泛著血絲喔。」

「你多心了。還有，我只是沒睡飽而已。」

「那你就睡到課堂開始前吧。今天早上你很早就到教室了吧？」

七村開朗活潑又輕浮，但唯獨對社團活動十分熱情。他總是在做完扎實的晨間訓練後再進教室，因此也知道我遠比平常更早到校。

「哎呀，今天的墨墨可疑的行動很顯眼呢，七七。」

「這很可疑啊，宮內。」

這對大小搭檔意味深長地交換眼神。

「對我這種人感興趣，你們才奇怪吧。」

「我當然知道觀察不起眼也不有趣的平凡人瀨名很無聊啊，可是你今天不對勁。」

「七七你講得太過火了。墨墨只是低調又成熟而已。」

「總之，意思就是樸實又沒個性吧。」

「不要再打擊他了！」

「……真是口沒遮攔。」我露出苦笑，忽然發現教室裡已經不見有坂的身影。

她先回家了嗎？

不，她一定在美術準備室，那是有坂慣例的行動模式。

「你們兩個別在那東拉西扯，快點回家如何？我要走嘍。」我將書包扛上肩頭。

「七七，嫌犯正企圖逃跑！」

「瀨名，我們都找到證據了，你就老實地坦白交代吧。順便把自我介紹時我幫你應付場面的人情還來。」

七村化為一堵巨大的牆擋住我的去路。

「我是沒睡飽精神渙散啦，提早到校也是因為我直到天亮都沒睡著。」

「墨墨，那樣我會有點擔心耶。」

「回家以後，我會好好睡一覺的。」

「宮內對瀨名還真放水。」

小宮乾脆地收手，讓七村有些不滿。

「小宮與你不同，才不八卦呢。欠你的人情下次再找機會還你。再見。」

「喔，我很期待。」七村也乾脆地讓開了。

「墨墨，再見，好好休息吧～」

小宮也甩動長長的袖子，目送我離開。

我走出教室，筆直地前往美術準備室。

美術準備室位於校舍相當深處的地方。

此處是有坂夜華藏身的聖地。

我悄悄地打開未上鎖的門。

和煦的陽光映照下，明亮的室內空間飄盪著一絲油畫顏料味。

牆邊掛著名畫的複製畫，並排的許多金屬架子上，雜亂地塞滿了數量龐大的學生作品，一直到架子頂上都擺得滿滿的。我按照平常的習慣望向上方，查看有沒有東西掉下來。放在側邊桌子上的素描用石膏像，被夜華以目光互不交會的不同方向擺放著。

而從門這邊看去位於死角的架子後方那狹小的空間，就是有坂的固定位置。

在那個向陽處，她露出毫無防備的表情，靜靜地發出睡夢中的鼻息。

「真悠閒呢。」

那張不管從任何角度來看都工整又毫無瑕疵的臉孔，是神要賜予人類會略嫌奢侈的造型美。即使和房間裡陳列的名畫中的美女與石膏女神像相比，她也毫不遜色。

能夠瞻仰這一幕景象的我，是非常幸運的人吧。

如果我有藝術才能，真想把這份感動化為繪畫或音樂永遠留存。

我輕輕放下書包，默默地望著有坂的睡姿。

我可以一直看下去。雖然我想充滿紳士風範地這樣帥氣斷言，但現實中的高中男生，沒辦法做出如同少女漫畫男性角色般的瀟灑行動。

光靠自己的記憶力並不可靠。我按捺不住地啟動手機的相機，試圖偷偷地用圖像把這份感動保存下來。

我注意著包含衣服摩擦聲、氣息與呼吸聲在內的一切，謹慎地決定構圖。

然而有坂敏感地察覺我的鬼祟的舉動，清醒過來。

「……別猛盯著我看行嗎？」

「原來妳在裝睡喔。」

「瀨名，你來得好慢。」

「因為有朋友找我說話。」

「不如說，你在教室裡也看我看太久！」

「果然被發現了嗎？我的朋友也這麼說。」

「什麼『被發現了嗎』！班導不是也提醒你了嗎！任何人都會發現！我可是神經非常緊繃地努力板著臉以免露出笑容耶！」

「喔，有坂也有在努力啊。」

「有啊！否則沒辦法像平常一樣！」

有坂就像遷怒於我般嚷嚷著。

「這讓我放心了一點，妳果然也覺得很高興啊。」

「——那當然，這可是我第一次交男朋友，我也會有點飄飄然呀。」

真是悅耳。第一次交男朋友。就像在仔細體會那句話的美好，我抬頭仰天。

「太感恩了。」

「不要突然閉上眼睛露出恍惚的神情，好噁心。」

「我在感謝戀愛之神。」

「比起想著神，還是看著我吧。」

「妳剛才還生氣我看妳看太久了吧。」

「那是指在教室裡！在這裡我們是兩人獨處吧。」

有坂意味深長的說法，讓我咕嘟一聲吞了口口水。

我們目光交會。

兩人的距離不會太近又不算太遠，只要伸手就能觸及。臉龐也看得很清楚。在和煦的春日陽光中，我思考著此時此刻能夠採取的最佳行動。

她的嘴唇吸引了我的眼神。

這是那個嗎？就是可以親下去的情境嗎？可以吧，可以對吧！

「瀨名？」

「有坂。」

我微微探出上半身接近她。

霎時間，有坂敏感地察覺氣氛變化，匆忙地起身。

「對了，瀨名！你餓了對吧！你早餐也沒吃，我們去吃午餐吧！嗯，這樣很好！只有這個選擇啦！」

「但我至少想再多注視著妳一會啊。」

「沒辦法。我的臉都要著火了。」

呼～有坂吐出發熱的吐息。

我的女朋友明明性格好強，卻對親暱動作一點抵抗力都沒有，非常純情，那個落差使得我心怦怦直跳。

雖然和預想中不同，這倒也非常令人高興，或者說值得期待。

「我的女朋友所有地方都很可愛呢。」

我說出太過誠實的感想。

「明明受到稱讚，我感覺卻像是輸了一樣，這是為什麼呢？」

「情人之間有輸贏之分嗎？」

「明明當然是我更喜歡你，我總覺得你沒接收到這份心意。」

「怎麼樣算是妳贏了呢？」

「瀨名你少了我就活不下去。」

「——什麼啊，我早就是這樣啦。」

「唔咦？」

有坂發出錯愕的叫聲。「我已經飽了。」看著她因為我的回答心慌意亂的坦率反應，我有種開悟的心情。

「咦？你不去吃午餐嗎？」

誤會我的意思的有坂，忽然不安地看過來。

看來我的女朋友雖然給人冷靜的印象，其實感情表現很豐富。

「當然要去！這可是妳的邀請，我不可能不去！」

有坂臉上又恢復笑容。

我第一次理解了那種想炫耀情人的心情。

我的女朋友很可愛喔————！我很想放聲大喊。

◇◇◇

為了避免被本校的學生發現，我們前往遠離車站的家庭餐廳吃午餐。

雖然在男女兩人單獨一起放學時，就可能會被人胡亂猜測了，但這是等級有差距的情侶的可悲之處。只要我們沒牽手，應該沒有人會認為我們是情侶吧。

我心知肚明，沒有任何長處的我與校內著名的美少女有坂夜華並不相配。
正因為如此，要將我們的情侶關係保密應該很簡單。
「我說有坂，既然妳這麼擔心，那分頭走在餐廳會合也行喔。」我貼心地試著提議。
因為今天只有開學典禮，所以在中午將至的現在，大多數學生早已放學了。
但有坂很注意與我之間的距離，注意到謹慎過頭了。她從走出美術準備室的瞬間起就開始這樣，在鞋櫃換鞋之後，一邊裝作碰巧與我往同個方向回家一邊走在路上。
「我不要，不能兩個人一起說話好寂寞。」
就像這樣。
妳是可愛星球的可愛星人嗎！
外表成熟的有坂做出孩子氣的舉動，反倒更強調出她的可愛。
她東張西望地提防著周遭，巧妙地保持剛好可以和我說話的距離。
因為家庭餐廳還沒到人多的午餐時段，我們立刻入座了。
「要吃什麼好呢？」
相對於仔細挑選的有坂，我連菜單都沒翻開就馬上做決定。
「我吃綜合烤肉和大碗飯，加點自助飲料吧。」
「你已經決定了？」
「自己愛吃的東西不會改變啊。」

「真是毫不猶豫耶。」

有坂一臉認真地看著菜單。

「妳很猶豫呢。」

有坂從菜單上抬起頭，顯得有話想說地看著我。

「因為我第一次來家庭餐廳，不知道哪一種才好吃。」

「咦，真的假的？」

在現今社會上，日本會存在幾個第一次體驗全國連鎖家庭餐廳的女高中生呢？

「真是養在深閨的千金小姐。」

「我以前沒機會過來呀。因為小時候幫傭的阿姨會煮飯給我吃，而現在我的興趣是自己做菜。我也沒有會一起去餐廳吃飯的親近朋友。」

根據我以前聽說的內容，有坂家位於東京中心區域黃金地段的高樓大廈頂樓。她的雙親都有工作，忙碌地穿梭於國內國外，很少回家。她姊姊是理工科系的大學生，平日都睡在研究小組的研究室，她平常等於一人獨居。

「以後會有很多機會跟我一起來啊。妳就依照今天的心情挑選，下次再點別的菜色就行了。」

「第一次很重要吧。」

「我可不記得第一次在家庭餐廳裡點的是什麼喔。不過，我想大概是兒童餐吧。」

「你明明記得嘛。」

「幼稚園小孩不會主動點什麼科布沙拉或和風定食吧?」

「……但是,現在是我和你的第一次約會呀。」

有坂將菜單像牆一樣豎起來,擋住臉龐。

真是惹人憐愛~我快萌死了。

「這個按鈕是什麼?」有坂像要掩飾般地按下呼叫鈴。

「您有什麼需求,客人。」

當然地,店員過來點菜了。

「呃,那個,瀨名連我那一份也一起點吧!」慌張的她把事情全丟給我了。

「我要綜合烤肉和大碗飯,她是番茄海鮮義大利麵,兩人份的自助飲料吧,還有薯條。有坂,這樣可以嗎?」

「沒問題。」

店員複述了我們點餐的內容作確認後關閉平板,告訴我們「飲料吧在那邊,歡迎取用」後回到前場。

「吶,你為什麼馬上就決定了菜色?為什麼是番茄海鮮義大利麵?」

「我點了其他想吃的東西。如果妳不想吃,跟我交換餐點就行了,肉類和海鮮也不會重複吧?而且妳對海鮮不會過敏。薯條是給我們當零嘴用的。」

「……即使碰到硬塞過來的問題，你在必要的時候還是處理得很好呢。」

「最後要吃甜點嗎？」

「我也贊成這個提議。」

「那就好。」

「對了，我們點不同的甜點分著吃如何？」

「好啊。」

「那就決定了！」

有坂再度愉快地看起菜單，我也望著她半晌。

「……瀨名，你老是盯著我看，這樣開心嗎？」

「很開心啊。」

「視線讓人在意。」

「那麼，妳煩惱要選什麼甜點的時候，我去拿飲料吧。妳有想喝的種類嗎？」

「等等。我也一起去。」

我們一起走到飲料吧區，飲料吧的操作又讓有坂雀躍不已。「這個真有趣。不但有許多種類，還可以無限暢飲。」她像個小孩子般眼睛發亮。記得小時候我也覺得注入飲料這個動作本身很有趣。

雖然這麼晚才提，我本來以為第一次約會會更緊張的。

但這裡是在我熟悉的活動範圍內的家庭餐廳。因為有坂出乎意料地玩得很開心，讓我也不會變得過度僵硬緊張。女性的笑容果然偉大。雖然在約會過許多次後，碰到麻煩也可以當作驚喜來享受，不過一開始我還是想在沒什麼憂慮的情況下約會。

我偷偷放下心來，喝了口飲料潤喉。

我們端著飲料回到餐桌，餐點在一會兒之後送了過來。

「我開動了。」她面對番茄海鮮義大利麵合掌說道。

我覺得這種在不經意間展現的好教養很迷人。

和有坂在一起，吃慣了的料理感覺也變得遠比平常美味許多。

品嘗餐後甜點的同時，我在最後還有一件事要做。

「有坂。」

「看你表情突然嚴肅起來，是怎麼了？」

有坂規矩地停下正用長湯匙吃百匯的手。

「我們還剩下一個必須要做的重要步驟沒做。」

「第一次約會，也開心地了吃一頓飯，你還有什麼想做的嗎？」

「那倒不如說是大多數男女在交往前就會做過的事。」

「咦。那不是很重要嗎？」

「嗯。我們會煩悶地度過春假，原因就是沒做這件事。」

「到底是什麼事？」

「就是男女之間要讓關係更加深入絕不可或缺的親密交流。說得極端點，說少了這件事的情侶就會分手也不為過！」

我不禁極力主張起來。

「讓關係深入的親密、交流。少了這件事就會分手……那個難道是——」

夜華大大地倒抽一口氣，看樣子她意會到了。

「可是從交往前就在做……一般情況是這樣嗎？這是理所當然的？」

「倒不如說，我們為何沒有做過才讓我感到不可思議。」

「不會吧！順序沒弄錯嗎？那不是好好地循序漸進之後，那個，最後再做的事情嗎？大家都這麼乾脆地下結論，就去做了、嗎？」

有坂不知怎地慌亂過頭，整張臉在轉眼間變得紅透了。

「我現在就想做！」

「你在家庭餐廳亂說什麼傻話啊！」

當我表達決心，她用遠比我更大聲的音量叫喊。

餐廳內的視線集中向我們的餐桌，有坂突然老實安靜地縮起身子。

「我自認我說的話不至於毫無道理啊……」

這次輪到我對有坂過激的反應感到困惑。

「……瀨名，你從去年開始一直都想做嗎？比方說，你來美術準備室時也一直想著那種事嗎？」

「如果時機適合的話……我當然有過這種念頭。」

「我感覺到有危險。」

「……有坂。妳該不會在想著超前超級多的事情吧？」

「禽獸別找藉口了。」

被美少女當成洪水猛獸嚴加提防，讓我了解到她誤會了什麼。

「我想做的事情──是交換聯絡方式。」

「……為什麼我們至今都沒有交換聯絡方式呢？」

我的女朋友一臉認真地問。就像什麼也沒發生過一般回歸平常的對話。她散發出強烈的氣勢，不准我提及剛剛的誤會。

「因為妳一直都擺出『我不需要朋友』的態度吧。」

從入學開始，她就徹底沒跟任何人交換過聯絡方式。也沒有加入班上的LINE群組。去年有必要的時候，都是我以口頭通知她聯絡事項。

「因為，我既沒跟人聯絡過，也沒有想聯絡的對象。」

「那妳有安裝LINE吧。」

「不過，我只會用來聯絡親人而已。」

「把情人也追加上去怎麼樣？」

我重新告訴她。

依照至今的對話走向，我以為有坂會乾脆地回答「好啊」，她卻突然陷入沉默。

她僅僅一本正經地注視著我。

「不行嗎？」

我無法再承受那股沉默，戰戰兢兢地確認。

「當然好啊。」有坂嫣然微笑。

「……有坂使壞起來對心臟很不好啊。」

我將額頭靠在桌邊，深深地發出嘆息。

「有這麼需要驚慌嗎？」

「拜託妳開玩笑時表現得再簡單好懂一點。太逼真了，我沒辦法輕輕帶過。」

美人的認真表情毫無破綻。

「因為今天一直被你掌握主導權，我也想嚇嚇你嘛。」

我的女朋友天真無邪地說出這種話。

「陪妳來家庭餐廳這點小事，說得還真誇張。」

「只要是情人為我做的事，無論是任何事我都很高興。」

於是，花了大約一年時間後，我們終於得以交換聯絡方式。

第三話　成為情人之前與之後

「總算弄到手了。」

手機畫面上顯示著有坂夜華的名字。

相隔一年後，我得到了她的聯絡方式。

「還真久啊……」

我一頭倒在床上，幾乎喜極而泣。

我在自己的房間裡度過放鬆時刻。沉浸在今天不知是第幾次感受到的成就感中，又咧嘴露出笑容。將有坂送到車站後，我在回家的路上一直處於這種狀態。吃晚餐聊天時也心不在焉，惹得妹妹懷疑地說：「希墨，你在暗爽什麼啊。」

「終於漸漸像情侶了呢。」

新學年的第一天就有個好開頭。

一起放學，在家庭餐廳共度愉快時光，符合高中生風格的制服約會。真青春呢。

「……好了，要傳什麼訊息給她呢？」

我輸入訊息又刪除，輸入訊息又刪除，反覆這樣大約一個小時了。

要是有順勢早早發個貼圖給她就好了。

不能說錯話破壞今天的餘韻的壓力，讓我直到現在都尚未傳送第一句訊息。

我把手機放在枕邊，讓腦筋打結想不出好文章的腦袋休息一下。

「沒想到能夠與有坂交往啊……」

我看著天花板，忽然回想起我與有坂漫長的戀情開端。

◇◇◇

有坂夜華在入學時，就已在校內引發傳聞。

一個美麗絕倫的美人在入學考試考出最高分，並拒絕擔任新生代表在開學典禮上致詞。

而在入學後的考試，也不曾失手讓出學年第一的位置。

而且，這位神祕的美少女討厭交際。

儘管會來上課，除此之外她沒有任何個人的交友關係。

她午休時一定會從教室消失，誰也不知道她去了什麼地方。

——對於朋友，這位美麗孤傲的優等生不結交、不追求、不讓人接近。

她總是用沉默武裝自己，不結伴成群，不展露笑容。

對企圖干擾那種神聖的寂靜之輩，給予毫不留情的天譴。

當她偶爾在休息時間待在座位上時，就會被不分班級或年級的人告白。

有坂的作法十分巧妙，不會自己開口拒絕對方。

首先，即使有人找她攀談，她目光也不會和對方接觸，會假裝完全沒有聽見。由於被視為完全不存在，有七成的人會在此淘汰，裝成是自言自語離開有坂身邊。

兩成糾纏不放的告白者，會用煩人的肢體動作強行吸引她的注意力。但他們會被她冰冷的眼神與美貌所壓倒，愈說愈小聲地離去。

最後一成人即使如此也不退縮，會單方面地說出自己的心意。對於這種嚴重造成別人困擾，不知還能不能稱作告白的恐怖行動，有坂會用一句話加以扼殺。

『礙事。』

她這種對任何人都秉持一貫的態度在整個學校裡傳開，去年的黃金週假期結束後，跑去找有坂告白的蠢蛋完全絕跡了。

同班同學也不再靠近在外表、智力、漠不關心這三方面居冠的她。

高中生沒有幼稚到會當真相信「大家相親相愛」這種說法的程度。一邊尋找彼此感到恰當的距離一邊選擇人際關係，反倒是社會性受到培育的證明吧。

就這樣，有坂夜華這位美少女成為了只能遠觀不可碰觸的存在。

這也是有坂本人希望的立場，只要不主動隨便干涉她就不會出問題。

然而，負責管理學生的校方不想對此置之不理。

有坂注重沉默與漠不關心。

除非老師在課堂上點名她，我從不曾看過她主動發言。她異樣地極少表達意見，令班導神崎紫鶴感到擔心，決定找人擔任與有坂之間的橋梁。

被選中的人就是我瀨名希墨。

理由很單純。

因為我與有坂同班，又是班長。

「有坂同學極端地避免與他人建立關係。」

「她似乎很不擅長與人來往呢。」

「看來與其說不擅長，不如說只是厭惡而已。所以，瀨名同學你去和她拉近關係吧。」

這位美女老師總是突兀地對我拋出難題。

「——神崎老師，話題一下子跳得太遠了。」

「瀨名同學你能做到的。」

漂亮的女老師堅稱我能做到。

「其他人不管對她攀談多少次都通通失敗了啊。我認為把常理強加在像有坂這種特別的人身上不太妥當。而且她午休時間一定會從教室消失。」

我率直地表達意見，試圖閃躲這個不可能的任務。

「有坂同學在美術準備室。瀨名同學，去找她吧。」

神崎老師不知為何知道她在哪裡。

「像這種敏感的問題，我想派同性過去較好吧？讓我這個男生過去，只會令她戒心更重的。」

我用合理的理由再度試圖婉拒，但我從一開始就無權拒絕。

「總之，請先試著去美術準備室一趟。要談等你去過後再談。」

我屈服於神崎老師的強制要求之下，無可奈何地前往有坂躲藏的美術準備室看看。

「礙事。回去。消失吧。」

當然，那個有坂不可能歡迎外人。

連續三個拒絕字眼就像先發制人的攻擊般衝著我而來。

有坂從門後窺探我的反應，整個人就是戒心的化身。她非常不高興，敵意滿滿。

她警惕地觀察著我，嘗試用那銳利的目光趕走我。原本我會被她目光的壓迫感擊倒，垂頭喪氣地離去。

然而，應該從一開始就堅持沉默到底的有坂卻正常地發出聲音，令我很意外。

「……瀨名同學，你怎麼會知道這裡的？」

有坂非常懷疑地問了停留在門前的我。

「啊，原來妳知道我的名字？」

「你是班長吧。好了，回答我。」

用質問口吻說話的有坂，看來對告密者是誰心裡有底。

「是神崎老師告訴我的。」我也老實地回答。我不想胡亂隱瞞，令有坂變得更加不悅。

「那個班導！你沒有告訴其他人吧？」

「沒有。」

「就這樣一輩子別告訴任何人。那麼，再見，再也別過來了。」

她就像決心不讓任何人進入自己的地盤般宣言。

「看來有坂妳沒有溝通障礙啊。」

「這是什麼意思？」

「因為妳可以與人正常交談，妳在教室總是不講話嘛。」

「因為沒有值得交談的人。」

「這樣啊，希望妳盡快找到那樣的人。」

「多管閒事。」

「所以，用我當練習對象如何？」

為了達成被指派的任務，我試著提議。

「這是什麼道理啊，浪費時間。」

「不好意思，這是班導交代的班長的工作，妳就忍一忍吧。」

「老師的走狗！」

「話講得真難聽。」她罵得太過痛快，讓我露出苦笑。

「不想被罵就離開這裡。」

「原來妳有在罵人的自覺啊。」

「有問題嗎？」

「不，我現在才發現，我們講了不少話耶？」

在我所知的範圍內，我沒看過有學生和有坂交談過這麼久的。

這可能是個新紀錄喔？

「誰管你！」有坂大力地關上門。

這就是我與有坂的第三類接觸。

雖然在前往美術準備室前心情沉重，不過實際見面後，我反倒感覺心情愉快，也得到了不錯的反饋。什麼啊，實際交談起來，她意外地有趣嘛。

就像這樣，我一開始連喜歡的「喜」都沒有，基於純粹的好奇心，開始有空就跑去美術準備室。

「糾纏不清！回去！」

有坂每次都以帶刺的態度與咒罵試圖趕我走。

在美術準備室獨處的時間，對她來說應該特別重要吧。從旁觀者的角度來看，我等於是天天被甩一樣。值得慶幸的是，美術準備室位於校舍角落，沒有旁人看見我與有坂的互動。

有段時間，我總是在門前與她站著說話。

「瀨名同學，你知道放棄這個詞彙嗎？」

「因為我比有坂妳所想像的更享受妳的咒罵喔。」

「你是被虐狂？」

她露出打從心底倒胃口的表情，輕蔑地看不起我。

「明明只有閒聊而已，妳卻連我的癖好都看穿了？有坂妳真厲害！」

「為什麼會是這樣啊！」

「好了好了。今天學校餐廳擠爆了，讓我在這裡吃午餐嘛。」

「才不要。」

當我開玩笑，她就會很認真地生氣。換成其他人，她明明會無視對方，對我卻一一有所反應，真不可思議。果然是因為祕密基地被我知道了，讓她感到不安吧。

至於我，純粹是覺得與有坂之間無拘無束的互動很有趣而已。畢竟她太過高不可攀，我並未將她意識為戀愛對象。所以雖然會緊張，我得以和她正常說話而沒有被沖昏頭。

「……話說，你的嘴角是受傷了嗎？」

明明正在生氣，有坂眼尖地注意到了。儘管她平常對他人不感興趣，但眼睛很尖，所以我不能大意。

「我走路沒看路，撞了一下。」我隨便蒙混過去。

「笨手笨腳。我看你也是不小心跑來這裡的吧？所以老實地回去吧。」

「我沒有說要開心地聊天啦，我會待在旁邊默默吃飯的。」

「真煩人，其他還有很多可以吃飯的地方吧？」

「好了好了，偶爾跟別人一起吃午餐，妳的心情或許也會轉變喔。」

「都怪你，我的心情糟糕透頂。」

「那樣很難受吧，妳最好去保健室休息。放心吧，我會在這裡看門的。」

「都叫你回去了吧！」

應該是累積了不少對我的挫折感吧，有坂像威脅般使勁一拍塞著油畫的架子。

我發現疊放在架子最上方的油畫滑落下來。

就快要掉落在她的頭上。

「有坂！」

我拋開午餐的麵包踏進美術準備室，霎時間蓋在她身上護住她。油畫畫布的尖角砰地撞在我的背上。

「好痛？」

木框很硬。襲擊背部、肩膀、手臂與後腦的疼痛，讓我反射性地全身使力。

也就是說，我用力抱緊了護著的有坂。

「——————！」

耳邊響起她屏住呼吸的聲音。

然而，由於正在忍耐痛楚，我無法理解狀況。我們直接失去平衡，一起倒在地板上。

當我睜開眼睛，有坂的臉龐就在眼前。

「非法入侵。性騷擾。攻擊婦女。」

在我身下的她眼泛淚光，身體僵硬。

我立刻離開有坂，但疼痛得腳步踉蹌。不止掉落的油畫造成的傷害，我在摔倒時還撞到手肘與膝蓋，沒辦法站穩。全身痛得厲害，我幾乎要哭了。

「抱歉。」

總之，我先開口道歉。

我轉開視線看向地板，發現本來午餐要吃的麵包已經被油畫壓爛了。

而且我痛得快暈過去，也喪失了食欲。

剩下的只有尷尬的氣氛。

有坂緩緩地起身，低頭直盯著我。

「真好啊，這裡在校舍角落，即使我發出尖叫也沒有人會聽到。」

「抱歉，我得意忘形了。這是我自作自受。」

「就是說啊，我還必須清理善後呢。」

「我會清理的。」

「無論如何，你暫時動彈不得了吧？」

我依然癱坐在地上，靠在牆邊等著疼痛消褪。

「……妳說得沒錯。妳沒受傷吧？」

「屁股被撞到了，好痛。如果我鬧起來，是不是就再也不必見到你的臉了？」

生殺大權掌握在他人手中的恐懼感讓我顫抖。

有坂一邊說出要讓我的高中生活落入地獄的可怕威脅，一邊隔著裙子撫摸她豐滿的屁股。不，要是情況糟糕的話會被退學嗎？放過我吧。

「這樣炫耀地在男人面前撫摸屁股不太好吧？」

平常都裝出完美的模樣，這樣未免太大意了吧。

「不要仔細盯著看！」

砰！有坂的長腿突然緊貼著我的臉伸過來。

一記凌厲得驚人的飛踢壁咚。

我暫停呼吸僵住不動。

Es

「妳、妳打算殺——」在回神的瞬間，我發現眼前景色的真面目。

由於她將腿高高抬起，露出的裙底被我看個正著。

躍入眼簾的東西，是她的內褲。

精緻的蕾絲配上性感的設計，顏色也是大紅色。

我慌忙轉開頭，烙印在眼中的景象卻依然赤裸裸地留在腦海中。

「……天堂與地獄啊。」

我悄悄呢喃。

「在這種狀況下還感覺得到天堂，你真是腦袋空空無憂無慮啊。」

怒火中燒的有坂還沒察覺自己的大膽行為。

「我的頭腦遠遠不如榜首大人……可以請妳快點把腿挪開嗎？拜託了。」

「這樣天堂不是會遠去嗎？」

「妳是痴女嗎！內褲都被看光了！」

「……咦，呀啊？」

察覺現狀的有坂慌忙把腿縮回去，按住裙襬，直接一口氣退到窗邊。臉蛋像蘋果一樣紅透了。

「你看看看！看到了嗎？」

「我會努力遺忘。」

「這不是看到了嗎！」

「那妳就穿更低調的款式啊！太性感了吧！」

「因為很可愛我才會穿呀！我沒道理聽男人對我選內褲的喜好說三道四。」

「的、的確沒錯。」我被駁倒了。

我們目光相會，一起陷入沉默。我奇怪的心悸還在持續，有坂看來也為自己的粗心大意後悔不已。

氣氛愈來愈尷尬。我忍著疼痛站起來。

「總之，我會好好善後的。」

「……在那之前，你還是先去保健室比較好吧？」

「那麼，我放學後過來清理。」

我撿起散落一地的油畫靠在牆邊。現在要我伸出手臂把畫放回架子上還很吃力。雖然如此，放在地上不管就離開美術準備室又過意不去。

「你不來也沒關係的。」

有坂對我離開的背影開口。

那一天放學後，我按照宣言再度造訪美術準備室。

「真傻眼，你居然真的跑來了。」

有坂還留在學校，油畫也依然是我靠在牆邊的狀態。

「男子漢說話算話，我會負起責任。」

我把畫作一一堆回架子上。

「瀨名同學是個相當健康的孩子呢。」

「那種像道德教科書一樣的形容是什麼？」

「我在說你很認真，認真到過於執拗了。」

傻眼的她甚至沒有要幫忙的跡象，坐在固定位置的椅子上不動。

「如果有坂妳在處理人際關係上再靈活一點，我也不用來這裡了。妳也很清楚神崎老師很強勢吧？」

「別提起那個老師。」

「……妳為什麼不擅長面對她？」

有坂對其他科目的老師沒有反應，唯獨對神崎老師會流露出一點情緒。

「因為從入學前開始，她就和你一樣特別地照顧我。或許是因為我拒絕擔任開學典禮的新生代表，被她注意到了。啊～真煩人！」

沒想到在我不知道之處，有坂和神崎老師之間發生過會令她覺得這麼討厭的互動。

有坂的抱怨進一步加速。

「我會出席上課，考試成績也是學年第一，那就無可挑剔了吧。都是高中生了，老師就別隨便干涉學生了啊。每次都用輔導的名義找我過去，聽到我說待在教室裡很痛苦，就要我使用美術準備室……」

「這代表她有那麼擔心妳吧。」

所以神崎老師才會知道有坂在哪裡啊。

「接下來又送來一個色狼，她到底要幹什麼！」

「那個稱號先等一下！那是意外，而且所有男生大體上都是色狼！」

「別理直氣壯！」

「這只是事實。」

我們互瞪了一下，最後有坂大大地嘆了口氣。

「說真的，我好羨慕像瀨名同學你這種不起眼的類型。」

「妳在挖苦我嗎？」

「有一半是，另一半是真心話。」

沒辦法回嘴讓我很不甘心。

「世上明明有很多人想要受到矚目卻不被重視，妳還真是奢求。」

「我討厭受到矚目！大家明明別理會我就行了！我不想受到任何人關心！」

有坂迫切地吶喊後，看來像是認命了一般垂下頭。

「對不起，忘掉——」

「有坂，我會忘掉的，所以通通說出來吧。」

我自然地這麼告訴她。

「對你抱怨也沒用吧，像個傻瓜一樣。」

「不管是抱怨還是不滿都無所謂。放心吧，就算我把這些事散布出去，也沒有人會相信的。」

「——你不是那種人。」

有坂夜華斬釘截鐵地斷言。

「班長這個職位，意外地受到信賴呢。」我這麼說著掩飾害羞。

有坂猶豫了一下以後，起身離座。

「我來泡咖啡，瀨名同學也要喝嗎？」

美術準備室後方藏著有坂帶來的物品，有電視機、遊戲機、書籍，連冰箱都一應俱全。

她用電熱壺燒開水，泡了兩人份的咖啡。不是即溶咖啡，而是正統的手沖咖啡。有坂似乎是甜食派，在咖啡裡加了很多牛奶跟砂糖。

那個落差感覺既可愛又好笑。

「瀨名同學，要加牛奶和糖嗎？」

「我喝黑咖啡就行了。」

已經把所有油畫都放回架上的我接過馬克杯。

老實說，我分不出咖啡味道的差異，但那股香氣非常馥郁。

從窗口射入的陽光漸漸染上黃昏的氣息。

於是，有坂夜華沉靜地開始訴說：

「受人矚目，就像受到什麼期待一樣，讓我很害怕。我本身並沒有做過什麼特別的事，我生來就長這樣，卻被人肆意地盯著看。學業也一樣，我和大家上同樣的課程，只是考試成績剛好最高分罷了。這就是我的日常，不是我所選擇的，也不是我所希望的。」

我點點頭，要無視像有坂這樣的美少女的確很困難。

「他人所期待的有坂夜華與真實的自己不同，那個落差令妳痛苦嗎？」

「就是這種感覺。我沒有周遭的人想像得那麼厲害，也沒有什麼地方是真切想要受到他人好評的。」

啊啊，這個女孩才是認真、謹慎又心思細膩。

她希望旁人正確地認知到她所喜愛的自己，而非她的表象。可是——

「……有坂不清楚自己的欲求呢。」

我悄然說出口。

「是這樣、嗎？」

「成績超越一般水準，在自己與他人眼中都是理所當然——在持續展現這樣的結果的過程中，日常生活中的一切都形成了壓力。然而任何事對有坂本身來說，成就感都很稀薄沒有樂趣，因此妳變得難以保持心靈的均衡。」

我把在心中浮現的有坂夜華這個女孩的輪廓化為言語。

「我沒有可以熱衷投入的事物，是個很孤獨的人呢。」

有坂以悲傷的眼神注視著手邊的馬克杯。

「我覺得有坂很帥氣喔。」

我不知道用帥氣讚美同班的女同學是否恰當。

不過，這是我毫無虛假的真心話。

「就算對我說客套話，除了咖啡我也沒有別的東西招待你嘍。」

「內心必須堅強，才不會被周遭的價值觀牽著走。這一點我真的很尊敬妳。有坂妳明明大可得意忘形擺出盛氣凌人的態度，妳卻認真地在尋找能夠填滿自己內心的事物。」

她內在的魅力，比起美麗的外表更加吸引我。

「能夠填滿自己內心的事物……」

有坂緩緩地複述我的話。

「希望妳有一天會找到。」

「真、真是的，為什麼碰上瀨名同學，總是會變成在聊廢話啊。」

有坂突然生氣起來。

「妳生什麼氣啊，我講的話有那麼偏離正題嗎？」

「原因一定是你沒錯。」

「好了好了，別對像我這種人認真嘛。」

「啊？認真？根本不是這樣。」有坂嗤之以鼻。

「妳都氣到主動給我看內褲了嘛，我還因為這樣沒吃到午餐。」

「那、那是意外……真是的！別打亂我的步調，你真的很討厭！」

那一天，我們的閒聊並沒有結束。

不可思議的是，有坂一邊生氣一邊再給了我一杯咖啡，還配上瑪德蓮蛋糕。

真正的夏天就這樣到來，我正式離開了原本參加的籃球社，開始在放學後也幾乎天天前往美術準備室。

不知不覺間，有坂對我的來訪不再抱怨。

◇◇◇

我回顧著與有坂戀情的開端，好像就這麼睡著了。

叫醒我的是手機收到訊息的音效。

傳來訊息的正是有坂夜華。

「什麼？」

睡意一瞬間一掃而空，我從床上坐起來。

我沒想到她會在我苦思的時候傳來聯絡。

我輕觸畫面，打開訊息。

夜華：起碼也發一句話過來啊。

「居然是催促？」

真意外，我本來覺得不管我發多少訊息，只要有已讀不回就算不錯了。

夜華：難道說交換聯絡方式沒有成功？

當我慌張地想著要回什麼時，又傳來了第二條訊息。

從訊息字面上可以看出她很擔心。

「明明會氣我糾纏不休，沒有任何反應又會不安啊。」

希墨：沒問題，我確實收到了。

我乾脆地發出訊息，輕鬆到讓之前的冥思苦想都變得很好笑。

我馬上收到她的回應。

夜華：太久了吧。

希墨：妳覺得寂寞了？

夜華：那是你吧。

希墨：被發現啦。我非常歡迎來自情人的聯繫喔。
夜華：……情緒真亢奮。
希墨：只是手指在興奮亂動啦（笑）
夜華：冷靜點。
希墨：我隨時都等著妳的LINE！
夜華：那你來發啊。
希墨：那可是會熬夜的喔。
夜華：……在我有空的時候，倒也不是不能陪你聊。

有坂在LINE上意外地坦率。回應的節奏很快，代表她聊得很開心吧。
與去年在美術準備室第一次交談時相比，我們的關係令人不敢相信地突飛猛進。一年前，我沒想到自己居然會和有坂交往。
我想像著在手機畫面彼端的女朋友，無意間仰望窗外。夜空沒有一點雲影，在東京這裡，若不凝神細望，連一顆星星也看不清楚。
唯有月亮發出清澈的光芒。

希墨：這是情人的一小步，卻是瀨名希墨的一大步。
夜華：為什麼是尼爾．阿姆斯壯？

不愧是有坂，連人類第一個登陸月球的太空人的名字也知道。

希墨：月色真美。

夜華：這次是夏目漱石。

希墨：重要的是話語的真正含義。

夜華：好啦好啦。

希墨：妳不擅長國文嗎？那我直說了喔。

夜華：我知道那句話的意思啦！

希墨：我喜歡妳，有坂。

回應中斷了。

「做得太過火了嗎……？」

當我開始覺得有些後悔之際，收到了最後的訊息。

夜華：……不要確認這麼多次。晚安！

我也立刻回傳了「晚安」。

第四話　嫉妒是戀愛的祕密調味料

和有坂成為情人，變得隨時可以取得聯絡後，我沉浸在不可名狀的無敵感中。

作為高中二年級的開端，這是最棒的開始吧。

從春假聯絡不上的痛苦與不安中解放後，我覺得現在自己甚至可以飛上天空。

上課時也滿腦子想著情人的事，沒怎麼把周遭的聲音聽進耳中。

在放學的導師時間，神崎老師好像說過「瀨名同學和支倉同學請來茶道社的社團教室，我有話要和你們說」，但我另有該去的地方。

「希墨同學，一起走吧。」

當我站起來要前往美術準備室時，一道呼喚我名字的聲音將我拉回現實。

「咦，朝姬同學？為什麼？」

「剛才神崎老師不是要我們去茶道社的社團教室嗎？神崎老師每年都會指定班長吧。和希墨同學一起被老師找去，等於我也獲選為班長了吧。一定沒錯！」

抱著期待愉快地這麼說的美少女，名叫支倉朝姬。

那張隨時都足以通行於演藝圈的端正臉龐，露出親切的微笑。

顏色略淺的咖啡色頭髮及肩，小波浪捲髮給予人快活的印象。不到華麗程度的淡妝，更加強調出她天生的姣好。泛著光澤的嘴唇讓人不禁把目光落在上頭。制服西裝外套穿得整整齊齊，指甲與有品味的打扮又很隨興。

她以後會很適合像女主播這樣的熱門職業吧。

可愛得有點像在裝。但是，透過天生的高超人際技能，就像把黑白棋從黑棋翻轉成白棋一樣，她光是用交談就能把那些陰陽怪氣的傢伙變成自己的粉絲。

一言以蔽之，是和有坂正好相反的美人。

支倉朝姬是我們學年的中心人物。

可愛又迷人的她很受歡迎，她不僅性格開朗，又會以親切的距離感待人，所以朋友也很多。雖然成績不如有坂，但也經常名列前茅。什麼事都處理得妥妥當當，也特別受到老師們青睞。

永聖高級中學雖是升學高中，但學校的活動很多。

在學生主導的名義下，班長之間有許多聯合作業，朝姬同學去年也在別班擔任班長，因此我也認識她。

由於她稱呼我希墨同學，我也稱呼她朝姬同學。

儘管如此，我們並非關係特別親近，就是在走廊上遇見時會說說話的女生。

畢竟朝姬同學甚至記得所有同學的全名。

「在升上二年級後，感覺你一直在恍神呢。如果你有煩惱，我會幫助你的。」

「謝謝。要是碰到問題，我會找妳商量。」

「我隨時都很樂意。那就走吧。」

「不好意思。我還有事不去了。請朝姬同學幫我轉告神崎老師，要她找其他男生當班長吧。」

「等等、等等！我會傷腦筋的！咦，你不跟我一起過去嗎？」

朝姬同學慌忙抓住我的衣袖。

「妳一個人也沒問題的。因為神崎老師會優待有經驗的人，找朝姬同學只是確認妳的意願而已。」

神崎老師負責的班級，每年都由老師指定班長人選。所以一知道今年的班導也是她，我馬上擔心起自己會被指名。我今年不想當了。

「我不是說那個！咦，希墨同學要拒絕？我還以為你會答應呢。」

「因為我不希望放學後的時間被占用。」

那樣就不能跟有坂約會了。

「你已經退出籃球社了，應該有時間的吧？」

「那是……」我欲言又止地閉上嘴巴。

依照有坂的希望，我們正在交往的事要保密。好險。

「我很好奇希墨同學的情況呢。」朝姬同學探頭注視我的臉。

「我的情況不重要。總之，如果是妳，不管跟誰搭檔都會做得很好吧？」

她作為領導者的資質眾人皆知。

她擁有讓人想當成範例的優秀溝通能力，這樣的她應該不會事到如今才覺得畏縮。

「我的搭檔只有希墨同學喔。去年的校慶活動也是，你在不經意間的協助，給了我很大的幫助。」

朝姬同學嫣然一笑，手卻牢牢地抓著我的袖子不放。

「而且，我想請深受信賴，連續兩年被神崎老師指名為班長的希墨同學，能幫助我更加接近神崎老師。」

「神崎老師的惡名有這麼響亮嗎？」

我不禁一臉認真地反問。

「……只有希墨同學會這麼說喔。許多女生都對很有理想日本女性形象的神崎老師心懷憧憬，我也是想變得和神崎老師一樣，所以才加入茶道社的。」

「別學那種蠻幹的作風啊。我去年只是拒絕不了，才心不甘情不願地答應下來。」

「這是代表希墨同學的長處好得足以讓老師強行這麼做嘛！」

「真會說話啊。」

「我可是認真地在擔心神崎老師會不會指名我喔。」

「班長是這麼熱門的職務嗎？」

我第一次耳聞。如果有其他人志願想當，我明明很樂意讓出去的。

「我的目標是透過推薦上大學，想多爭取一些在校成績的分數。」

「妳連這種事都考慮到了啊。」

因為滿腦子都想著眼前的戀愛，我覺得考大學還很遙遠。

「希墨同學看起來很可靠，卻意外地散漫呢。」

「拜此所賜，我常常被當成方便的工具人。」我自虐地說。

「這叫溫柔又具有靈活性，我就這麼積極的評價吧。總之，即使要回絕，我希望你親口直接告訴老師！」

「……我知道了。」

看樣子只能和朝姬同學一起去一趟茶道社的社團教室了。

我望向有坂的座位，她似乎先離開了教室。

「神崎老師找我，我會晚些過去那邊」我在途中偷偷地傳Line給有坂。

夜華：那個親暱地直呼你名字的偷腥的貓，是怎樣的女人？

帶著強烈壓力的回應秒速地傳來。她看得一清二楚！而且對她戒心超重？很遺憾的是，在我打出回應之前，我們已經抵達了兼作為茶道社社團教室的茶室。

◇◇◇

一走進茶室，班導神崎老師看來迫不及待地迎接我們。

神崎紫鶴。

口吻沉靜又多禮，但所說的話意外地毒辣又常常亂來的和風美人。

她的姿態一直都很優美，背脊挺得筆直，一舉一動沒有多餘之處。

如同她給人理想日本女性的印象那般，她擔任茶道社的顧問。神崎老師是擅長茶道、彈琴、花道等一切所謂新娘修行才藝的才女，許多家境富裕的女學生為了接受她的指導而加入社團。這個人多得不像文藝社團的大團體，變得就像是本校女生們的沙龍。

她年僅二十幾歲，卻秉持信念擔任教職，受到資深老師們另眼相看。她明確地劃分出老師和學生之間的界線，不與學生玩鬧嘻笑，但她也會敏銳地察覺學生微小的變化，因此深受信賴。

就算是升學高中也會有邊緣人或不良少年。那些從一般觀點來看很麻煩的學生也在神崎老師的輔導下重新做人，順利地升上大學。

性格展現出青春期特有的尖銳的傢伙，也唯獨會老實地聽神崎老師的話。

甚至連有坂都只會把神崎老師的話聽進去。

正確來說，是神崎老師對她而言接近天敵，讓她抱著戒心，這麼形容比較適合吧。

對我來說，她是個難以判讀內心想法的人。

她面無表情，不知道在想些什麼。

不僅如此，還會用淡淡的口氣交辦不合理的工作給我。

雖然很不情願，我脫掉鞋子上了茶室的榻榻米。

「請坐。」

我們也比照正坐的老師，十分自然地以正坐姿坐下。

「我想請你們擔任班長。」

她單刀直入地切入正題。

與一年前幾乎相同的台詞。既視感。去年我在這間茶室的嚴肅氣氛與神崎老師無言的壓力下落敗，未能拒絕到底。不過，今年的我不一樣！

「我明白了。請多指教，神崎老師！」

朝姬同學以讓人想給滿分的回答答應下來。

「請容我拒絕！那麼，告退！」我當場站起身。

「瀨名同學。請等一下。」

沉穩卻不由分說的聲音讓我逃跑的速度變慢。

「你有什麼急事嗎？」

然後，第二句話導致我的逃離完全失敗。

我有預感無視的話後果會很嚴重，只得停下腳步。

「這是關係到我的青春的大事。請別攔住我！」

「那還真嚴重。我來刷茶，我們慢慢聊吧。今天還有特別的茶點喔。」

沒有拒絕權？

「不，所以說老師，我有事要……」我試圖反抗。

「——你說了什麼嗎？」

神崎老師的微笑毫無改變。

始終在促使學生發揮自主性。

光是面對她，一股寒意就竄過背脊，一瞬間消除了我的反抗心。每次都是這樣，就算天崩地裂，我也沒信心能騙過神崎老師。

「我正坐到腳麻了，在走得動之前再多休息一下好了。」

我認命地重新正坐下來，在心中領悟自己無法違逆她。

「換個坐姿等著吧。文倉同學，感謝妳答應此事，妳今天可以先回去了。這一年請多指教。看來我需要和瀨名同學進行個人面談。」老師開始為刷抹茶作準備。

「那麼，希墨同學，明天見。今年我們一起努力當好班長吧！」

為什麼以我會就任為前提說話。

朝姬同學踏著輕快的腳步回去了。

真好啊～可以離開這個氣氛緊繃的空間，我羨慕得快掉眼淚了。一對一地面對神崎老師，緊張感霎時大增。

「你想回去嗎？」

「抹茶是無罪的。喝完茶之後，我會立刻告退。」我換成盤腿坐姿。

「請不用客氣，盡情地休息吧。今天沒有茶道社的活動，不會有人干擾。」

茶釜的水開始沸騰的聲音填滿茶室。

「放學後在密室內與學生兩人獨處，作為教師這樣有失妥當吧？」

「……你在期望什麼發展嗎？」

神崎老師以茶勺舀起抹茶的流暢動作絲毫不亂，直接駁斥了我的戲言。

叮咚，手機收到訊息的鈴聲在茶室內響起。

「不好意思，我馬上調成靜音模式。」我瞥了螢幕一眼，傳訊人是有坂夜華。

夜華：你看到訊息了吧？還沒結束嗎？

我是不可能在這個狀況下回覆的，而且因為剛才的訊息也沒有回應，感覺她正在生氣。

真是糟糕！

「你為什麼無法答應呢？」

「為了珍惜自己的時間。」

「雖然休息也很重要，但玩得太瘋成績會下滑的。因為瀨名同學是『只要認真去作就能做到的人』。」

鼓勵的話被格外地強調。

用茶刷刷抹茶的清脆聲響，在茶室裡響起。

「——春假時發生了什麼事？」

「為什麼特別針對那段時期？」

「我是第二年當你的班導了，至少看得出學生的變化。」

「我的變化有這麼大嗎？」

「那可是明明白白啊。」

「說得真誇張，人不會簡單地有所成長啊。」

「那可未必，十幾歲的孩子有時會因為一點小契機就變得判若兩人。」

「我不是那麼優秀的學生。」

「我說的並非是你。」

「咦？」

「請用。」她將茶碗端給我。

「不懂規矩，失禮了。」我先聲明之後，享用了老師刷的苦澀抹茶與白豆餡點心。

「請就這樣聽我說，我希望有坂同學更加擴展交友關係，因此瀨名同學的協助今年也是不可或缺的。」

「又是個比去年難度更高的任務啊。」

這個發展與去年她要我當班長時一模一樣。

手機在口袋裡傳來震動。應該是有坂的訊息吧。

「因為瀨名同學成功與她交流，我才會提出這個請託。」

「我只是在午休與放學後找她閒聊而已。」

「今年請你幫她與同班同學建立聯繫吧。」

手機又震動了。

「……坦白說，我一點也想像不出她跟其他人相親相愛的樣子。」

「這就是你這個牽線者發揮本領的地方了。」

「把常理強加在那個有坂身上沒有意義啊。」

我斬釘截鐵地斷言。

「我知道。有坂同學很特別，不過，喜愛孤獨與孤立是不同的。事實上，她接納了像你這樣理解她的人。本來把拒絕他人看成理所當然的孩子，與你變得親近起來。因此，她與其他人也能拉近關係的。」

神崎老師目光筆直地看向我。

「老師對有坂抱著很大的期待呢。」

「不是的，瀨名同學，我是對你們兩人抱著期待。」

會若無其事地說出這種話，神崎老師真是惡質。

老師的話語彷彿有種不可思議的力量般異樣地充滿說服力，讓人聽進去以後就想相信到底。

我喝完剩下的抹茶。

「多謝款待。」

「招待不周，請多包涵。那麼，你願意答應嗎？」

「一年份的報酬只有這一杯茶，感覺少了點呢。」

「——那麼，我會在你遇到危機時出手相助，這樣如何？」

還不壞。能得到神崎老師的幫助，在緊要關頭十分可靠。

「啊——我明明打算今年一定要拒絕的！這個報酬我們一言為定了喔！」

「因為這種好好先生的性格也是瀨名同學的魅力啊。我知道了。」

當我站起身，口袋裡的手機不斷地震動。

看樣子有坂達到了忍耐的極限。我馬上過去，再等一下就好。我帶著安撫之意按住口袋裡的手機。

「這是題外話，但你與有坂同學今年也會同班，是出於她的期望喔。」

「咦，這我第一次聽說耶？」

本來滿心想快點離開茶室的我不禁轉身回過頭。

老師比我所預期的站在更貼近的正後方，而襪子在榻榻米上很容易打滑。

結果，我不慎推倒了老師。

手機也在摔倒時從口袋裡掉出來。

「在結業典禮後，她第一次主動過來我這裡，直接上訴說要是不讓她跟你同班，她就不會再讀下去。」

在我身下，老師面不改色地淡淡繼續道。

「請別若無其事地講話！這種戀愛喜劇場面是什麼啊！」

「——這是你期望的發展嗎？」

「那怎麼可能！」

「不過，你在剎那間托著我的背部護住我，真是紳士。只是……」

「只是什麼？」

「我胸罩的鉤子在摔倒時鬆開了。」

「妳在脫口說出什麼驚人的事啊？」

我不禁看向老師的胸口。由於春裝布料輕薄，我清楚地看見包覆老師分量十足雙峰的內衣脫離了原位。

這就是，脫離束縛後的成人的胸部嗎？直截了當的說，好大！

「那個，被你這樣熱切地盯著看，實在……」

「對不起。胸、胸罩這麼簡單就會鬆脫嗎……？」

我全力別開目光。我很想從老師背後抽出手臂，但亂動可能會導致事態惡化。

「適合我的尺寸設計又合心意的胸罩款式很少，即使有價格也很貴，所以我都會使用很久。鉤子大概……」

赤裸裸的內情！話說，因為太震驚而問了蠢問題的我也有錯，但回答我的老師也有問題吧。

不好，我漸漸冒起冷汗了。

「呃，我該怎麼做才好？」

我一手還環在老師背後上，另一隻手只要稍微放鬆力道，我的胸膛就會落在老師身上。

這時，手機再度震動。震動。大震動。在榻榻米上亂蹦亂跳。

海拔很高喔，珠穆朗瑪峰。

「別看我這樣，我也頗為動搖呢。如果發出尖叫引得別人趕來，可能會造成奇怪的誤會。我將來是打算成為校長，一直工作到屆齡退休為止的。」

「請妳多表現在臉上一點吧！」

我強行抽出手臂後跳起來，逃到茶室角落。

「請你把頭轉開一會兒。」老師緩緩地整理著凌亂的頭髮與服裝。而我盯著牆壁，努力

試圖揮開雜念，卻忍不住去注意衣物摩擦聲與氣息。

「我在各種意義上受夠這個人了。」

「瀨名同學，你的手機翻騰得厲害呢。」

「啊啊～真是的！都是老師害的！」

「今年也請多指教，瀨名同學。」

就像這樣，神崎老師以壓倒性的我行我素，或是說沉靜的高壓攻勢硬幹到底了。

好奸詐，超奸詐的。而且還在我答應以後，拋出有坂希望和我同班這個殺手鐧。

我的班導果然不容大意。

◇◇◇

我在茶室停留的時間多半不到三十分鐘吧。

我走到走廊上，發現有坂夜華正不高興地抱起雙臂站在那裡。

「有坂？抱歉，妳在等我啊？」

「——那個女人呢？」

「妳說朝姬同學？她先回去了。」

「朝姬？」有坂敏感地有所反應。

「只是稱呼方式，沒有別的意思。」
「……瀨名你一個人做了什麼？」
有坂皺起眉頭瞪過來，她露出非常想抱怨的表情鬧起彆扭。
「老師找我過去，叫我今年也擔任班長。」
「那種事五秒鐘就談完了吧！也花太久了！」
「我也想趕快完事，可是……」
罪魁禍首靜靜地自茶室現身。
「——哎呀，有坂同學，妳還在學校裡啊。」
神崎老師故作不知地露出驚訝之色。
「老師抓著班長，和他說了好久的悄悄話呢。」
有坂不知為何用挖苦的口吻說道。
「是呀，我們得以共度了一段親密的時光。」
「喔，妳和學生在密室裡做了什麼有趣的事呢？」
雙方表面上態度平靜，言外之意卻在激烈交鋒。
「我也感到不可思議，這種說法聽起來簡直就像有坂同學一直都在等待某個人走出這間茶室一樣呢。」
「啊？那怎麼可能！」

「但瀨名同學好像急著地要去辦什麼青春的大事喔。」

「為什麼會冒出瀨名啊？」

「這樣嗎。因為有重要的事，我留下了他。不過既然與妳無關，那也沒必要道歉了呢。」

「老師，請別太鼓動有坂了。」我立即插話。

「因為瀨名同學抗拒，才會花了不少時間。如果他安分一點，本來馬上就能完事了。或者說，其實你是想要久留呢？如果你說出來了，今天我明明都能陪你的啊。」

神崎老師以意味深長的表情看過來。

「瀨～名～你除了答應擔任班長之外，還做了什麼事？」有坂變得更加生氣了。

「我什麼也沒做！」

「對呀，那是我們兩人的祕密。聽好嘍，不可以告訴任何人喔。」

等等，那種表達方法是什麼。

神崎老師的話語讓我為之凍結，有坂則啞然失聲。

老師不僅曖昧地含糊其詞又帶著微妙的害羞氣息，為現場帶來異樣鮮明的沉默。

有坂一邊發出不成語句的聲音，一邊顯而易見地動搖了。

「老師，那個啊……」

「哎呀，瀨名同學，你的嘴角沾到抹茶了，我先前都沒留意到。」

神崎老師取出自己的手帕，擦拭我的嘴角。

「──────」「唔？」

我僵住不動，有坂眼睛則是瞪得眼珠子都要飛出來了。

「好，擦掉嘍。」

「明明是教師，竟然做到這個程度嗎？」

「我偷偷為瀨名同學刷了抹茶，但是被發現了呢。」

真難為情，都這個年紀了還讓別人幫我擦嘴角。突如其來地被當成小孩子對待，讓我不知要怎麼反應。不如說，嗯，原來當時老師真的也很焦慮嗎。

「來，瀨名同學還給妳，祝你們放學後過得愉快。」

神崎老師就像什麼也沒有發生過一般返回了教師辦公室。

這是天然的？還是故意的？

至少對有坂極具效果。

「那算、什麼！那傢伙！啊啊～氣死我了！那種距離感，不太對勁吧？真氣人！」

不顧這裡是學校的走廊，有坂前所未有地暴怒發飆。

與對我生氣時明顯不同的憤怒，訴說著神崎老師對有坂來說是何等的天敵。

「有坂。」

「幹什麼！」

「謝謝妳為我生氣。」

「為什麼是感謝？」

儘管這句話也可以視為火上加油，我心中卻充滿了幸福感。

「因為要不是喜歡我，妳才不會吃醋吧？」

「瀨名你和女人兩人獨處，我當然會提防吧。」

「如果不是喜歡的對象，那也沒必要提防吧？」

「因為你無視我的Line。」

「我實在不能當著老師的面回訊息啊。」

「班長職務與我，哪一個更重要？」

沒想到，我居然會有能夠聽到那句傳說台詞改編版的一天！

有坂賭氣到了這麼嚴重的地步。

「妳那麼擔心嗎？」

「男生一直都滿腦子想著性對吧？」

「這個我在告白時承認過了吧。當然，對象只限情人喔。」

「真的嗎？」

「別看我這個樣子，我可是遵守著約定忍耐著各種事喔。」

我的這句話似乎讓有坂的所有怒火一瞬間消失了。這次她愣住了。

或許是理解我所說的意思，有坂迅速後退。
「別、別在學校走廊上講奇怪的話！」
「因為是事實，我也無可奈何啊。」
「你、你誠實過頭了啦。再謹慎一點啦。」
「如果有所顧慮，我就不會對有坂夜華告白了。我無論何時都是全力以赴又認真的。」
我注視著我喜歡的女孩的眼眸。
「……我果然不喜歡瀨名比我更游刃有餘的感覺！」
有坂別開臉龐，獨自往前走。
「我知道了，是我不好。夜華。小～夜～華～別一個人回去。」
我開玩笑地試著呼喚她的名字。
「別在走廊上喊我的名字。」
「那麼，兩人獨處的時候可以嗎？」
「不行。」
「妳也叫我希墨就行了。」
「我不會叫。」
「咦～好難過。」
「別得意忘形！」

「小夜華～」

「不要加上小字！」

我繞到她前方。

「夜華。」

這一次，我認真地、誠摯地呼喚了她的名字。

「只、只有兩人獨處時才能叫喔。」

夜華臉泛紅暈，但顯得很高興。

正因為很喜歡她，讓我領悟到。

——強硬的行動會傷害她，但顧慮不前也不行。

我想溫柔對待這個比任何人都更加膽小笨拙的女孩。

明明比任何人都更美麗卻缺乏自信，我希望這樣的她隨時都滿心幸福。

她不需要擔憂嫉妒，因為我為夜華著迷。

我好喜歡這個女孩。

幕間一

擁有顯眼的外表，即使不希望也會引人矚目。

我並不想吸引周遭眾人的關注，只想平穩地用自己的方式生活。

這明明只是種個性，然而在教室這個狹小的世界裡，不尋常的人會承受很大的壓力。

但那不關我的事。

就算會吃虧，我也只能當我自己。

我沒有淺薄到他人能輕易推測的程度，也不需要廉價的共鳴與表面上的理解。

我想要的——是有人以自然的態度對待真實的我。

所以，他一開始並不是讓我特別留下印象的男生。

瀨名希墨。

名字雖然少見，卻沒什麼值得一提特徵的平凡人。

如果沒擔任班長，他是連長相與名字都不會留下記憶的類型。

性格是容易被牽著走的好好先生。

因為父母都在工作，又有讀小學的妹妹，很習慣照顧人。

成績中等。屬於上課時會認真作筆記，考試前會慌張複習的類型。

身高不高也不矮。因為年齡＝沒有女朋友的年資，外表可想而知。

沒有顯眼的地方，平凡無奇的男生。

作為班長，他有許多機會面對不熟的同學。

他碰到這種時候會活用自己沒有特徵這一點，不經意又巧妙地給予應對。

不管面對什麼類型的人都不執意強求，同時擅長引導對方表達想法。他扮演緩衝材料的角色，成功地使整個班級融為一體。

如同空氣般，是平常不會意識到，同時又不可或缺的存在。

有他在的班上感覺很舒服，是因為有如同空氣的他不經意地維持均衡，讓大家揮灑自由吧。然而他並非以突出的積極性與熱誠牽引著所有人，不過在快要發生問題時，他會悄悄地處理。

沒錯，空氣雖然肉眼看不見，卻不可或缺。沒有空氣，人類就會死亡。

就像這樣，我發現自己不知不覺間對他產生了興趣。

第五話　兩人一起溜出課堂的話

我正式成為了二年A班的班長。
永聖高級中學明明是升學高中，卻有許多學校活動。班長的第一件大工作，是辦理在新學年一開始舉行的班際球賽。
戶外項目有足球、棒球與網球，室內項目有籃球、排球與桌球，競技項目種類繁多。
既然是娛樂活動，那麼目的是在於培養與新同班同學之間的情誼。
因此享受樂趣是首要目標，幾乎沒有班級會打算認真地一路取勝。
「要比就要拿下全勝冠軍！來，這是我製作的資料。」
我們A班則是例外。支倉朝姬帶著笑容揭示了很高的目標。
身為另一名班長的我，一大早就被叫來教室。昨晚我也和夜華聊LINE聊到深夜，所以沒有睡飽。我必須壓下睡意，作為搭檔為她提供意見。
坐在我前方座位上的朝姬同學交給我一張紙。
記載全班同學自小學到高中運動經驗的個人資料，以及其他班級的戰力狀況，都統整在上頭。我們要根據這些資料做好布署以取得冠軍。

「這個還真厲害。妳是怎麼查到的？」

「因為我有許多朋友呀，這是我打聽之後大家告訴我的。關於希墨同學的情報，是七村同學與日向花提供的。」

和華麗的外表相反，她不會疏於做好踏實的事先準備。我很尊敬朝姫同學這種穩健的一面，資料也非常輕鬆好讀。

「……對了，妳對七村就不會直呼他的名字啊。」

「他不是籃球社的主將嗎。校內上層階級的現充男生擁有很多粉絲，跟他變得親近會樹敵的。而且充滿男子氣概的類型不合我的胃口。」

她似乎對這方面的往來作了精確的計算，果然不簡單。

「那妳直呼我的名字不是沒有意義嗎？」

「這只是對搭檔展現親近而已，沒什麼問題吧？」

「我的女朋友會吃醋，別這麼做了。」

「咦，希墨同學有交往對象？是誰？」

「這是剛睡醒的玩笑話，當作耳邊風吧。」我否定道。

「有一天你也會交到很好的女朋友的，所以班長的工作要好好加油喔！」

不僅超受同情還被提醒要專注在工作上，悲傷。

「明明普通弄弄就行了……」

我一邊瀏覽名單，一邊打呵欠。

「如果拿下冠軍，不是會成為高二的美好的回憶嗎？」

「這是娛樂活動，不必那麼認真也行吧。」

「動力真低落。因為你說在早上討論比較好，我才會選這個時間喔。你這麼說算什麼呢。」

「我不是那種自我主張很強的班長啊。」

教室裡只有我們兩人。當然，我也想在床上睡到時限前一秒，但我想把放學後的時間留給夜華。既然是為了確保與情人相處的時間，哪怕不擅長早起我也會做到。

「一起加油嘛，我們必須帶領班上的大家啊。」

真耀眼。看著像朝姬同學這樣不僅外表美麗、頭腦清晰，還對團體忠誠度很高的理想人物，令我痛切地感受到自己的鬆懈與嘲諷態度。

「神崎老師可沒抱著那麼高的期望喔。那個人雖然會強行要求人達到最低標準，但在此之上要不要努力，她基本上會交給學生自主決定。」

不過神崎老師的交給學生自主決定，也會施加不少沉默的壓力就是了……

總之，我不願意縮減與夜華相處的時間。如果因此展開晨間訓練，我在立場上不就不得不參加嗎？饒了我吧。

「……真奇怪，換成其他男生，我總覺得會更有心合作一點的～」

朝姬同學佯裝疑惑地說道。

「乾脆朝姬同學妳去告訴神崎老師『他很沒用，換成其他男生』吧。」

「那是不可能的！不但沒有好處，連我的評價都會下滑耶。」

「我記得朝姬同學妳對這件事很熱衷，是因為取得推薦入學資格來著？」

「因為我家是單親家庭，我想節省開銷。」

「真了不起。」

她爽快地告訴了我令人意外的一面。我之前自顧自地以為，她生長在更優雅的家庭中。

「喔，你總算願意聽了。希墨同學，你對我的隱私這麼感興趣嗎？」

朝姬同學取笑我。

「喂，別直盯著我看。」

因為對女性沒什麼免疫力，這讓我心怦怦直跳得厲害。

「我要感謝將我生得很可愛的雙親。」

「但倒是沒聽過妳有男女朋友的話題耶，其實是瞞著大家之類的嗎？」

說不定像我和夜華一樣，朝姬同學也有祕密的情人。

支倉朝姬總是位於眾人的中心，朋友也很多。在活動中也常常擔任最顯眼的角色，但我沒聽說過她具體上正在跟誰交往這種傳聞。

「戀愛對我來說優先順位很低。我重視的是去做該做的事，在這個前提下，如果有好對象就好了。」

有異性緣的女人臉上浮現從容不迫的笑容。

不須意識到也能吸引異性的注意，真讓人羨慕萬分。

「希墨同學才是沒有女朋友嗎？你明明感覺很有異性緣的。」

好，出現了，女生對不感興趣的對象會說的陳腔濫調。如果真的有異性緣，光是像現在這樣交談，就能抓住女生的心。

「這個話題有必要刻意深入嗎？」

「啊～感覺你想蒙混過去耶，難不成你喜歡有坂同學之類的？」

「為什麼會冒出有坂的名字啊。」

情人的名字突然出現，令我心頭一跳。

「神崎老師告訴我了，你成為了去年不跟任何人交談的有坂同學的談話對象了吧。居然有辦法和那個有坂同學交談，該不會是因為你抱著特殊的感情吧？」

朝姬同學壓低音量。

「是嗎？」我刻意地順著朝姬同學的煽動反應道。

「抱歉，騙你的，你們怎麼可能交往嘛！」

朝姬同學這麼說著，撐不住認真的表情大笑起來。

「啊，你生氣了？」

「沒有。在任何人眼中看來，應該都覺得我們不相配吧。」

聽到第三者觀點的評價，我深切地這麼感到。

孤傲的冰山美人與平凡男生，在常理下，這種落差很大的情侶不可能成立。

「……如果害你受到打擊，我很抱歉。不過，如果希墨同學與有坂同學是情侶，對我來說正好方便。」

「正好方便？」

「這樣我和希墨同學變得親近，不就可以讓有坂同學動搖了嗎。」

「這是為了什麼目的？」

我好奇朝姬同學的意圖。

「因為有有坂同學在，我就沒辦法在考試中拿下學年第一！」

朝姬同學顯得極其不甘心。

「那種說法已經流露出沒勝算的感覺了。」

「我今年一定會成為第一名的！」

不動的第一名與萬年第二名。

我們學年自入學以來，考試成績的順位就固定是這樣。

當然，第二名也很厲害，但朝姬同學顯然無法接受。

「吶，有沒有什麼祕計可以扯有坂同學後腿呢？」

「卑鄙手段？」

她一派天真無邪地說出要排擠別人的發言。

「騙你的。我沒有貶低他人的興趣，所以，我會努力讓大家替我抬轎～」

朝姬同學取出手機，拍下我們的工作情景。

她擺出「我從一大早就在努力！」的表情，拍了高水準的自拍。

資料與文具攤開擺放在桌上，畫面一角映出我的手。她迅速地給照片加上大量標籤，發布到社群網站上。

「別上傳帶著暗示性的照片啊。」

「有什麼關係。既然提到我在做班長的工作，班上的同學都會察覺到你也在一塊啊。」

「就算這樣，別讓照片中隨便出現男人的影子比較好吧。」

「是希墨同學就不成問題。」

「我好像受到信賴呢，謝了。」

「沒錯，要覺得光榮喔。」

「我看妳對每個人都會這麼說吧？」

「好男人不會講這種不識趣的話喔。」

朝姬同學的手機立刻響起點讚與評論的通知。大家應該正好在上學途中的電車上查看手機吧，她連上學時間都完美地納入了計算。

「我說啊，像這樣先發制人，在導師時間做決定時不就快多了嗎。」

「因為做好了事先準備，所以才會獲得結果是嗎。」

「就是這樣。來，我們來構思理想的布署吧。」

朝姬同學收起手機，露出認真的神情面對資料。

該做的事非做不可，我也認真地思考著。在精神專注後，我對討論也自然地漸漸熱烈起來。多虧她準備的資料，我們陸續決定好最適合的布署規劃，最後剩下的是——要怎麼安排有坂夜華。

「希墨同學。去年是怎麼做的？」

「我問過她本人的希望，但她沒有什麼意向，我就隨意決定了。結果當天她好像用身體不適為理由在保健室休息。」

「那是偷懶對吧？」

「我實在不能公然詢問女生不參加體育活動的理由啊。既然神崎老師允許了，我也沒有什麼話該說的。」

「希望她今年會好好地參加。」

「這要怎麼做到？」

「從一開始就抱著放棄心態，做得到的事情也會變得做不到啦。」

「有坂很難搞喔。」

「這是過來人的經驗嗎？不過讓女生之間談談，結果或許會不同呢。」

朝姬同學對溝通能力充滿自信。

有意思。那就交給她試試吧。如果能減輕我作為班長的壓力，我非常歡迎。

不知不覺間，結束晨間訓練的體育社團社員與較早到校的人讓教室變得熱鬧起來。

在一片嘈雜之中，我並未立刻察覺。

我感受到強烈的視線抬起頭，發現夜華瞪視著我。

「那麼有坂要參加什麼競賽就交給朝姬同學了！今天早上到此結束！辛苦了！」

我慌忙用Line傳送的說明遭到已讀不回，中午也未能跟她一起吃飯。

我有種要起風波的預感。

◇◇◇

「為了強化班級的團結，我們立志在班際球賽中拿下冠軍吧！」

在週會上，支倉朝姬站上講台重新宣言。

「我很期待參加比賽項目社團或有經驗的同學的活躍表現，成為核心，奪得勝利吧！我國中時是網球社的，所以這次打網球！」

一心認真地想奪冠的朝姬同學率先說出想參加的項目。

如同早上商量過的內容，我們把有經驗的人優先布署到各項競技上。我們也掌握了別班的戰力傾向，把運動神經出色的人分配給更有勝算的項目加以補強。

朝姬同學老練地主持會議，接二連三地決定出賽者，我將那些名字寫在黑板上。

「瀨名當然是打籃球對吧。」

七村龍舉起長臂說道。

他是由於運動神經超群又體格健壯，從一年級開始就以主將身分大顯身手的長人。他有張適合短髮的精悍臉龐，一站上球場，就以黑豹般以敏捷的動作連連得分。

或許是覺得那種好強又天不怕地不怕的態度充滿男子氣概，七村很受女生歡迎。

「我做幕後工作，當天主要擔任裁判，頂多當替補吧。啊，了解比賽規則的人請積極地協助裁判工作，如果只靠有參加社團的人，休息時間會減少的。」

無意參加的我把話當成耳邊風，呼籲對各項競技有經驗的人。

「啊？你不來傳球的話，我不就連運球都得包辦了嗎？」

「反正七村你一個人上也會贏啦。」

我隨便應付一句。

「支倉～我覺得為了勝利，也需要以前是籃球社社員的瀨名～」

「也對。因為B班有不少籃球社社員，瀨名同學要確實保留體力，好在對上他們的時候可以上場。來，關於下一個競賽項目。」

事情經由擅長帶動對方的朝姬同學之手順利地決定好了。

在九成名單敲定時，朝姬同學終於朝夜華拋出話頭。

「有坂同學要怎麼做？」她如微風般不經意地詢問。

夜華到這裡為止都事不關己，沒有表現出一點興趣，渾身迸發出參加意願為零的感覺。

她不僅沒有事先看到朝姬同學的社群訊息，從一大早就不高興的心情也沒有好轉。

這是拋出話題最糟糕的時機吧。

平常她只是對任何人都投以漠不關心的冷漠視線，現在卻充滿敵意地回瞪朝姬同學。

「呃，就算妳露出那麼可怕的表情看我……」

「——這張臉是天生的。攻擊個人的外表，我認為並不妥當。」

如果這是在開玩笑，那就是只有美人才開得起的超一流笑話哏。遺憾的是，夜華很認真。

而且能對朝姬同學等級的美人說出這種話的，頂多只有夜華。

夜華的聲調冷硬而帶刺。

那種緊繃的氣氛，讓原本熱鬧的教室突然鴉雀無聲。

夜華看似知道自己的影響力，其實完全不懂。

神崎老師目前似乎打算只在一旁關注。

「我只是希望盡可能按照有坂同學的意向來決定安排，真的只是這樣！」

「我不感興趣。」
「基本上所有人都要參加。」
「後面的班長不也不願意參加嗎。」
別突然試圖利用我偷懶啊。
「我主要是作為管理人員擔任裁判，籃球也只是當替補選手。」我插話道。
「瀨名～我可不會讓你在籃球這邊偷懶喔。」七村馬上亂插嘴添麻煩。
「事情會變複雜的，你閉嘴！」
「——你叫誰閉嘴？」
變得過於敏感的夜華將憤怒的矛頭轉向我。
她瞪大的大眼睛裡燃燒著鮮紅怒火。
「不對！我說的是七村而不是有坂！」
「你們對娛樂活動也太當一回事了。」
「這一點我同意。我個人認為學校活動很無聊，但是，也有人想創造回憶。而且我們只是在處理班級的事務，這一點有坂妳也無權潑冷水吧。」
為了避免我和夜華的情侶關係曝光，我作為班長謹慎地回應。
「……我明明以為瀨名是同伴的。」
有坂垂下眼眸，小聲呢喃。

真是的，我的女朋友明明美麗又聰慧，卻唯獨不擅長溝通。

而且還性格好強又愛擔心。妳不用擔心，我當然一直都是妳的同伴。

我放下手中的粉筆。

「我連一次也不曾與有坂妳為敵吧。」

我們四目交會。

接著我發現，全班的目光都聚集在夜華身上。

從大家的表情，可以大致感覺到他們的想法——

（第一次看到有坂同學說這麼多話。）（不如說，她生起氣來是這個樣子啊。）（這樣的有坂同學與其說是美人，更像是可愛系。）（反差萌！）（話說，能分到有坂同學與支倉同學在的班級真好~我是宮內同學派。）（喂，剛剛說是宮內派的是哪個傢伙啊？）（有辦法堂堂地與有坂同學交談，班長還真了不起。）（這個氣氛要怎麼辦？）etc.

有坂猛然從座位上站起來，直接離開教室。

「老師，我出去一下。」

「我同意。」

之前保持沉默的神崎老師立刻回答。

「朝姬同學，妳就照這樣決定其餘的成員吧。有坂由我去帶回來。」

取得老師的同意後，我也衝向走廊。

夜華的腳步聲在安靜的走廊上迴響，速度意外地快。我也急忙追過去。

我以為她會前往美術準備室，她卻衝上了樓梯。

我追逐著腳步聲，在通往屋頂的樓梯間發現了有坂夜華。

「為什麼馬上就找到我了……我明明不想見你的。」

「難道說妳是永遠不想見我了？」

「是暫時啦，笨蛋。」

「那我暫且放心了。」我緩緩地走上樓梯。

「哪裡可以放心啊？」

「在情人遇到危機時，我立刻趕到了。」

「……瀨名你跑出教室沒關係嗎？那個，沒有被懷疑不對勁嗎？」

夜華擔心，我的行為周遭的人會不會以為我的行動是在關心女朋友。

「只要我們不說，沒有人會認為我們在交往的。正如妳所期望的一般。」

我們是一對落差大到甚至無從嘆息的情侶。在同學們眼中，我只是出於職責去追心情不好的美少女而已。

我在樓梯上坐下來。

「坐著談談吧。」

「什麼講出來就會受到理解，這種話都是假的。」夜華固執起來，待在樓梯間的角落沒動。

「是我想說話啊。難得有了蹺課的藉口呢。」

「不認真的班長。」

「這都是指名我的神崎老師不好。」

「的確沒錯。」我的情人嘴角浮現微笑。

我拍拍身旁的階梯，呼喚放下緊張的夜華。她拉開約兩個拳頭的距離，怯生生地坐下。

——即使成為了情人，依然遙遠。

「不過，我對老師也抱著感謝。」

「沒什麼好感謝她的。」

「我要說的是好事，老實地聽吧。」

「我討厭你提別的女人。」

她總算恢復了在美術準備室時的天真無邪感。

「如果神崎老師沒告訴我妳的藏身處，我想我們就不會交往了。」

「這要由你拚命努力走到告白那一步啊。」

「看吧，夜華妳不會主動告白。」

我的話讓夜華鼓起腮幫子。這點小事要由你來做吧，她的大眼睛這麼訴說。

「今年妳也要蹺掉班際球賽嗎？」

「可以的話，我希望如此。」

夜華的回答令我意外。不出席不是確定事項，加上了「可以的話」這個條件，這應該是屬於夜華的變化徵兆吧。

「意思是說在最糟的情況下，出席也無妨嘍。身為男朋友，沒有比這更開心的事了。」

「這不是為了你！只是今年心境上是這樣罷了。」

由於在掩飾難為情，夜華說得含糊不清。她這樣的一面真的好可愛。對方因為與我交往而在正面意義上有所改變，讓人很高興。

只是，我狠下心來，按捺著不讓臉上浮現笑容。

「然而妳卻在教室裡與人發生爭執，覺得尷尬地逃出來了。」

「你不要一一確認啦。」

夜華沮喪地說。如果打算偷懶，她只要像去年一樣隨便決定出賽項目，在當日休息就行了。相反的，如果要參加，那堂堂地說出意向就行了。

明明不想引人注目卻十分醒目的美少女。

這樣的她會不顧在同學們面前，與朝姬同學發生爭執的理由。

「不用猜也是因為我的關係？」

夜華就像拒絕回答般陷入沉默。
「……原來有坂夜華也會提防其他女生啊。」
我沉浸在感慨中半晌，悄然低語。
前幾天她會在我走出茶室後發怒，原因是神崎老師是她的天敵與被迫久候吧。不過這次顯然是今天早上那件事留下的影響。
「有問題嗎？」
「那是班長的工作。妳不必擔心，我與妳不同，異性緣並不會特別好。」
「但是我很在意，也不喜歡這樣！」
「那麼，我一輩子都只與妳說話就行了嗎？」
「也不用做到這種程度……」
「我無所謂喔，我對妳的喜歡就是這麼深。」
我至今與未來心中的首位，都只可能是有坂夜華一人。
「咦？」
夜華驚訝的聲音在樓梯間迴盪。
「——唉，忍不住為了這麼一句甜言蜜語高興，我也是個廉價的女人啊。」恢復冷靜的夜華浮現為難的笑容。
「超級高不可攀的人在說什麼呀，妳只要更有自信坦坦蕩蕩地就行了。」

「我做不到。」
「是我的愛意還沒充分傳達給妳嗎？」
「那方面還算充分，但我不擅長擺出坦坦蕩蕩的態度。」
「因為妳討厭受到他人注視嗎？」
我再度確認她以前向我表明過的有坂夜華的煩惱。
「我不明白周遭的人為什麼稱讚我。因為我很普通，那都是理所當然的吧。」
「哪、裡、啊？」
夜華的估計錯誤之離譜，讓我不禁戰慄。
——難不成，她對於自己一直有著極大的誤解？
我誇張的反應，讓夜華愣住了。
不，她或許與大多數一般人的前提相差太遠了。
「夜華，妳是和誰比較，認為自己很普通的？」
「我的家人啊。」
「妳有全家的合照嗎？」
「我記得姊姊有傳給我過。」夜華找出手機，將全家福照片拿給我看。
「哇，雙親是俊男美女，難怪會生出兩個漂亮孩子。」
那是一個典型的幸福富裕家庭。那張照片強烈地傳達出，雙親深愛兩個女兒愛得要命。

不管怎麼看，那都無庸置疑是個充滿愛的家庭。

「長得像爸媽的只有姊姊而已。」

我想那一句話讓我露出像地藏像般的表情僵住了。

「什、什麼？我說了奇怪的話嗎？」

無論由誰來看，夜華與她讀大學的姊姊都是一對五官十分相似的漂亮姊妹花。

如果要說比較大的差異，是她姊姊露出和雙親一樣開朗的笑容，相對的，唯獨夜華的神情卻蒙上了一層陰影而已。

「……嗚嗚！」

「為什麼你會一臉要哭的表情啊。」

「我可以緊緊擁抱妳嗎？」

夜華將與我之間兩個拳頭份的距離拉開到一個屁股份這麼遠。

「就、就算沒旁人在看？」

「付出努力的人，應該要得到獎勵吧，我覺得妳需要這個。」

「剛剛的對話走向，為什麼會變成你要緊抱住我啊！」

「妳當真不明白？」

「明、明白什麼？」

夜華好像也隱約察覺自己的反應有偏差，但不想坦率承認。

「妳成長的環境是像開玩笑般的超高水準家庭啊。從起點開始就門檻極高，反倒比不上才是當然的，因為比較的對象太優秀了！妳根本沒必要感到自卑！」

人往往會拿自己成長的家庭環境當作基準，將那種日常視為普通。

不過，每個家庭的理所當然各有不同。

「因為我爸媽明明會幹勁十足地到世界各地工作，姊姊也從以前就常常與各種朋友來往。」

「人有適合與不適合之分，內向的妳出生在擅長社交的家庭也不奇怪！」

「可是，家人們明明都有很多興趣又非常積極，我卻沒有主動想做的事。」

「行動積極並非義務，妳只是還沒找到自己真正喜歡的事與感興趣的事罷了。照自己的步調去做就行了。」

我也了解覺得活得積極的人看來很耀眼的感覺。而且基本上，那種充滿活力的人也容易獲得周遭人的了解。

儘管如此，也沒必要責備並非這樣的自己。

人深受性格與氣質影響，穩重的人有時在特定領域也會變得高談闊論又積極。人有許多面向。

「我僅僅做著用功讀書等必須做的事，我不認為這樣的我有特別的才能。」

「普通去做是拿不到學年第一的！倒不如說，既然妳毫不費力就能做出比別人更好的成果，那就是種厲害的特技啊。」

「嗯～可是，我的家人們全都做得到，我實在不會為此自豪。」

她聽不進去。

「比照有坂家的標準，難怪他人的稱讚與憧憬都無法打動妳。」

我終於可以理解了。

我喜歡的女孩因為性格非常認真，過度受限於未跟家人達到相同水準這一點。由於她本人的能力也很優秀，她對於這種不自由並無自覺。人類的確信很強大，可以化為支持自身的力量，也可能會化為束縛自己的枷鎖。

「……我很奇怪嗎？」她本人還沒什麼概念。

由於高不可攀，沒有任何同輩向她指出這一點，她就走到了今天。

因為這傢伙沒有朋友啊。

「——好可憐的人。」

「喂？」

她似乎覺得被我憐憫同情很屈辱，突然襲擊過來。衝過頭的夜華直接覆在我身上，把我推倒。

相隔一年後，夜華的臉龐再度近在眼前。這次是她在上面。

「……令人懷念的發展呢，要直接來做色色的事嗎？」

「怎麼可能做啊！」

「真可惜。」

「別發情了。」

「溜出課堂，在無人之處跟女朋友兩人獨處，這樣叫我別興奮才有困難吧。」

「你明明沒那個意思。」

「——很難講喔。」我豁出去，試著一手攬住她的腰。

剎那間，夜華立刻抬起上半身逃出我的臂彎。

夜華面紅耳赤地以雙臂遮住胸部，但依然在我身上。

「跨騎在男人身上這種狀況如果被人看到，妳打算怎麼找藉口呢？」

「說、說我們在玩摔角之類的？」

「聽起來超級難為情的耶～」

「反正你會用三寸不爛之舌應付過去吧？」

夜華裝出平靜的樣子，同時輕輕離開我。

呼。雖然一直虛張聲勢，我的心臟也怦怦直跳。大腿有彈性的觸感等等太凶惡了。如果她屁股的位置再挪一下，那就相當危險了。

「作為男人，能受到倚重令人高興。」

「啊～我或許被壞男人欺騙，不慎答應了告白呢。」

「妳明明用了整個春假考慮過了。」
「不如說瀨名，你過來這裡後叫我夜華也叫太多次了！」
「事到如今才提這個？」
「你是有多表裡不一啊，跟當班長的女生互相直呼名字，一兩人獨處就馬上想做色色的事！」
「要做色色的事我就撲過去了，不會一一徵求同意。」
我先站了起來。
「禽獸！別靠近我！女性公敵！」
「把妳最大的夥伴推開沒關係嗎～？妳要怎麼回教室？」
對於自己闖了禍有所自覺的夜華不禁辭窮。
「我還真不走運，居然只有禽獸當夥伴。」
「在那要求一堆，妳要選哪一個？自行處理？還是交給我來？」
我伸出右手。
夜華的手伸到一半，但沒有握住我的手。
「夜～華～」
「因、因為，這樣不就是牽手了嗎？」
「……我們正在交往吧？」

「當然沒錯！」

她在這方面的回應精神抖擻。

「……來，回去吧。」

「我不要。」

「夜華，走嘍！」

我握著夜華的右手將她拉起來，好輕。第一次握住她的手，感覺那隻手比我的手更小而柔軟。

「……咦、咦咦？」

「妳的驚叫很大聲耶，這裡會有回音。」

夜華閉上嘴，直盯著我們互握的手。

「我們牽手了。」

「因為是右手跟右手，這樣是握手吧。」

我正要卸下手上的力道，這次換成夜華緊緊握住。

「夜華？」

「……總覺得放開很可惜。」

「──那麼，我們好好地牽手吧。」

我重新握住她的左手，與她十指緊扣。這是情侶的牽手。

「這才是正確作法。」

「沒有手汗什麼的吧？」

雖然驚慌失措，夜華堅持不鬆手。

「那就放開好了。」

「不行。」

「只有走下樓梯這段路喔。」

「我不想回教室。」

「……再五分鐘而已喔。」

我與她牽著手，再度坐下來。

坐到我身旁的夜華緊貼過來，把頭靠在我的肩上。

第六話　愛的呢喃太過敏感

我帶著夜華回到教室。

我像凱旋歸來一般，開朗地喊著：「我把逃走的犯人抓回來了！」走進教室。

「也、也太大聲了啦？」

無視於慌張的夜華，教室裡充滿了一片歡呼聲。我沐浴在讚賞之中，讓夜華先回座位，自己則悠然地回到講台上。

「哎呀哎呀，多謝多謝。我費了好一番功夫才擒住她呢。」

我像勝利選手接受採訪般回應大家的問題，同時把有坂夜華的逃亡劇當成笑料將場面應付過去。

結果，幾乎沒有球類運動經驗的夜華決定參加桌球個人賽。

她選擇桌球的理由是「討厭陽光」。

二年A班所有人的出賽項目順利敲定。

這一天，當下課的鈴聲響起，夜華動如脫兔地跑出了教室。

神崎老師提醒了一句，但並未特別責備夜華。

這大概是因為教室裡把她突發的行動當成談資哈拉的狀況，對於討厭受到注目的夜華而言，已經成為教訓了吧。

「謝謝你，希墨同學！你幫了大忙！」

朝姬同學過來為事情圓滿收場表達謝意。

「沒想到有坂同學會擺出那種氣勢洶洶的態度，你知道原因嗎，希墨同學？」

原因正是那個稱呼方式，賓果。

我實在無法開口告訴她，如果不想惹夜華生氣，就別直呼我的名字。

表面上我和夜華只不過是同學。

方才的追逐劇，應該沒有給人留下「班長立下大功」以外的印象。

「大概是心情不好吧。」

「搭檔是希墨同學，真的太好了，以後也要仰仗你嘍。」

「我不想增加工作量，那份期待就退還給妳吧。」

受到像朝姬同學這樣親切距離感又很近的女孩倚重，作為男生感覺當然還不壞。不過，我必須避免與夜華相處的時間變少。

「——這只是句稱讚而已，坦率地收下吧。這個無法退貨喔。」

「那我就只收下這句話了。」

我和朝姬同學站著說話，還沒去社團活動的七村也摻了進來。

「瀨名，這次你在跟支倉卿卿我我啊。」

「怎麼說這次？」

「因為你花了很久才把有坂帶回來，我還以為你和她卿卿我我去了。」

「都怪你多嘴，有坂才會跑出教室吧！」

我往七村的小腹揍了一拳。他經過鍛鍊的腹肌堅硬，結果是我的拳頭更痛。

「女性殺手墨墨，真有一套～」

小宮也走過來，用多出一大截的袖子拍打我。

「別逗我了。對了，可以拜託小宮一件事嗎？」

「有事要拜託我？」

「班際球賽那天，我希望妳和有坂待在一起。」

「……這是作為班長的請託，還是墨墨個人的請求呢？」

小宮歪歪頭，探頭注視我的臉龐。

「兩者都是。」

「我知道了～」

小宮笑容滿面地同意了。

「宮內是挑戰者呢。」七村事不關己地說。

「七七明明喜歡女生，卻討厭照顧女生呢。」

「我來者不拒，去者不追。」

七村厚臉皮地宣言。

「簡直對自己誠實到痛快的地步了啊。」

「爛透了。」

雖然有些晚了，我和朝姬同學為籃球社主將的傲慢感到傻眼。

面對我們投以的白眼，心態強韌又有女人緣的七村哈哈一笑置之。

◇◇◇

「剛才那樣算什麼？你自認是捕獲獵物後對人炫耀的獵人嗎？」

我前往美術準備室，發現生氣的夜華正埋伏在那裡。

「在捕獲了難以攻陷的有坂夜華的芳心這個意義上，我的確是獵人呢。」

「別得意洋洋的，讓人火大。」

我放下書包，也在一旁的椅子上坐下。

「反過來思考啊，夜華。想想把事情弄得有趣這種做法。」

「我討厭胡鬧。」

「我說啊，在上課時溜出教室可是問題行為喔。如果不那麼做化解嚴肅的氣氛，或許會遭到神崎老師認真的訓話喔。」

聽到我的抱怨，夜華撇撇嘴角。

「唔唔，明明是我的男朋友，居然站在體制那一邊。背叛者。」

「因為雖然當得不情願，我也是班長啊。即使如此，我也已經給最喜歡的情人很多通融了喔。」

「……你又像這樣，輕易地說出最喜歡這種話。」

「不然，我用有男子氣慨的行動而非言語來表示就可以了嗎？」

「別得意忘形。這種事你剛剛做過了吧，忍耐一下啊。」

儘管所說的話很強硬，夜華在害羞。真可愛。

「要去約會散散心嗎？」

在遊戲設施一邊玩一邊練習桌球或許不錯。啊，不過那裡人很多，對夜華來說會有點難受吧。在人群中，她即使不願意也會引人注目，應該會很累。這個計畫駁回。

「……今天不行，我沒有精神去玩。」

「妳是容易沮喪的類型呢。」

夜華比我想像中忍受得更多。

「碰到討厭的事，我會無法忘懷。因此我極力避免人際往來，遠離他人，將人推開以免扯上關係。」

「於是孤傲的美人優等生就這麼形成了嗎。」

「溝通這種事，如果可以乾脆用心電感應解決就好了。」

「妳明明不會講話，為什麼覺得換成心電感應就可以順利溝通？而且腦中的想法會洩漏出去。」

「我不會犯那種錯。」

「不，是我的腦中一整天都在呢喃對夜華的愛這件事會曝光。」

「——！」

夜華反射性地蓋住耳朵。

「嗯？怎麼了？」

「別說傻話啦！那、那種事當然不行！」

「別擔心。因為別人聽不見，我們的祕密可以保守住。」

「我會很為難！……如果那樣，我就無法生活了，一定會什麼也做不下去。」

夜華垂下眼眸，臉紅起來。

光是想像就敏感地產生反應，夜華看來也很不擅長隱瞞，這種坦率的一面真惹人憐愛。

「我要泡紅茶，你要喝嗎？」她慢慢地站起身。

「請給我一杯，茶裡請加滿愛意。」

「去喝回沖到沒味道的茶啦！」

「光是夜華為我泡的茶就會很好喝了，所以沒問題。」

夜華準備的紅茶芳香四溢，實際上好像是她帶來的外國產高級品牌茶。

我們品嚐了美味的紅茶與瑪德蓮蛋糕和餅乾，並休息片刻，共度只屬於兩人的寧靜放學後時光。

在悠閒的點心時間後，我們依照她的希望玩起遊戲。

用來轉換心情的遊戲是〇利歐賽車。有把音量調低了。

「是時候讓你學到，我在你之上這件事了。」

夜華握著手把，在開始玩之前發出勝利宣言。

「既然要玩，我可不準備輸喔。」我臉上也浮現無畏的笑容。

「輸家要接受懲罰遊戲，接受贏家的一個要求，這樣如何？」

「提議的人如果輸了會很難看喔。」

「獲得勝利的我會對你下令，就這樣而已。」

我們之間火花四射。

但因為電視機尺寸偏小，我們得肩碰肩地玩遊戲。
「……太靠近了啦，你挪開一點。」
「離得遠我就不方便看螢幕了。別在開始就使出卑鄙手段。」
「啊？我就算讓你都會輕鬆獲勝。」
我們挑選角色，開始賽車。
雙方的實力不相上下，賽況呈現被超車後又超回來的激烈拉鋸戰。
「真頑強！」
「不肯服輸的傢伙！」
當夜華贏了一次，下一場又換成我獲勝。
在你爭我奪的過程中，我們的肩膀相碰。一開始我以為是巧合，但她卻一直碰過來。
夜華屬於玩遊戲時身體也會一起移動的類型。
她本人正全心專注在遊戲上，沒有發現這一點。
「夜華，妳操作時身體也在動，這樣我會分心的。」
「咦？我不會那麼做啦。」
「居然沒有自覺啊。好了，別亂動。」
「別挑毛病了，你就這麼怕輸嗎？」
夜華臉上浮現挑釁的笑容。

「這意思是說，觸碰並非妨礙行為對吧。」

我在賽車途中站起來繞到夜華背後，然後將手臂穿過她的兩腋，在她的肚臍處重新握好手把。

這麼一來我不會受到她的動作干擾，也可以從正面看著螢幕。

總之，我一邊從背後環抱著她一邊玩遊戲。

「嗯啊？什、什什什、什——？」

「不看著前面會跑出賽道喔。」

「咦？啊啊～真是的！」

「接觸不算妨礙，這是夜華妳說的吧？」

我輕鬆地拿下這場勝利。

「這樣做犯規啦！」

「哪裡犯規了？」我理直氣壯地自行進入下一場比賽。

「啊，好奸詐！這樣子我沒辦法集中！」

「如果妳有意見，那就移動自己的位置啊？」

「咕……我才不會輸！」

夜華縮起身子極力不碰觸我，同時試圖專注在賽車上。

「拚命地在我屁股後追逐，真是熱烈的愛情呢。」

「不要講奇怪的話！」

憤怒超越了害羞，夜華以天生的技術猛追上來。不妙，不愧是在美術準備室裡鍛練出來的技巧。

「生氣後會變強，妳是少年漫畫的主角嗎！」

「瀨名，不可原諒，我一定要贏！」

夜華準確地選擇路線並運用道具，逼近到緊貼在我後方之處。照這樣下去，我很可能會被超車。

「夜華。」

「閉嘴！」

我和夜華的勝利次數目前相當。

「是時候分出勝負了，這一場拿下第一名的人就是贏家。」

「我接受！」

遊戲進入最後一圈，是我會就這樣守住第一名到最後呢？還是夜華會用強力道具攻擊我超車呢？

沒辦法，雖然我不想使出這個手段。

「夜華。」

我謹慎地湊到她耳邊，呢喃道：「我喜歡妳。」

夜華驚訝得向後仰，連手把都掉落了。

我趁機一口氣衝到終點。

「好耶～！我贏了！」

「瀨名，別太過分了！剛才那個結果無效！」

夜華猛然回頭抗議。

「別那麼生氣嘛，我只是傳達了這份洋溢的愛喔。」

「騙子！」

「我對妳的愛意怎麼可能是假的。」

「別扯歪理！」

「至少也說是精神攻擊吧。」

「看吧！你自己承認是攻擊了！我抓住把柄了！」

夜華在我的臂彎裡大發雷霆。彼此的臉龐靠得很近，近到她在眼眸中映出了我的臉孔，比起先前在樓梯那邊握著手時更加逼近。

「——啊。」

她本人好像也終於注意到了，卻因為才抱怨過而沒辦法退開。她忙亂地撇開目光，一副不知該怎麼行動才好的模樣。

「夜華。懲罰遊戲決定好了。」

「是、是怎樣的……」
「我可以直接吻妳嗎？」
「——咿……」
夜華馬上試圖離開，我不禁抓住了她纖細的手臂。
「等等！」
「這、這種事別徵求同意。這不是有情況走向啦、氣氛啦之類的各種時機要看嗎。」
夜華甩開我的手，退後到房間角落。
「……而且，我不想把重要的初吻當成懲罰遊戲。」
她用雙手遮住嘴巴，低聲說道。
「有道理。對不起，我開心到太過得意忘形了。抱歉。」
我也總算恢復冷靜。剛才我焦急起來，只優先想到自己的心情了。
「你向我傳達滿滿的喜歡心情，我也很高興。可是，我討厭像賤賣般的表達方法。」
「以後，我會多加注意。」
「還有，我的耳朵很敏感，所以別這樣了！」
夜華似乎打算提醒我，但等於是主動招認了她的弱點。

第七話　坦誠很可怕，但是……

班際對抗球賽當天。

體育館由放在中央的網子劃分開來，一邊打籃球賽，另一邊則是排球賽，上演熱烈的比賽。淘汰賽也進入佳境，前四強的班級已經出線。

剛當過籃球裁判的我正準備休息，發現了打完桌球比賽的夜華。

「喔，看來妳有好好參加呢，真乖真乖。有至少贏個一場嗎？」

夜華一臉不高興地在熱鬧的體育館中向我走來。

「發球發不進去，桌球的球太小顆了。」

「辛苦了，妳盡力了。」

「這下子你沒意見了吧？班長。」

「小宮沒跟妳在一塊嗎？」

「她晉級了決賽，還在桌球賽場。她打得非常好，動作像忍者一樣敏捷。」

夜華有趣的感想讓我笑了起來，同時觀察她全身運動服的打扮。

「……奇怪嗎？」

「感覺反倒很新鮮，我很心動。」

我誠實地回答。

運動服由於採用彈性布料，緊貼著身體線條，格外強調出夜華的好身材。

胸口特別緊繃，屁股與大腿看來也很緊。但在美術準備室玩遊戲摟著她時，那腰肢之纖細讓我驚訝，這件事要保密。因為身材遠超平均水準，這套身高正好適合的運動服清楚地展現出夜華的凹凸有致。

「別用色情的目光看著我。」

她對青春期的男生強人所難。

「……瀨名，你不參加籃球賽嗎？」

「待會兒要參加。既然對手是有不少現任籃球社社員的B班，那肯定會是場硬仗。我明明一直在當裁判都跑累了說。」我比了比掛在脖子上的哨子。

「體力真差。」

「我的體力一定比妳好啦。」

在眼前上演的籃球賽即將結束，總之，馬上要輪到我上場了。

「墨墨、夜夜。」

小宮立刻發現了我們，噠噠地走了過來。她運動服也是買Oversize，長長的袖子每走一步就跟著晃動。

「……看來妳們變得很親近了啊，夜夜。」我也模仿小宮喊喊看。

「是宮內同學擅自這麼稱呼我而已。」

「不過她人很好對吧？」

「我覺得她很能聊。」

說實話我頗為苦惱，不過拜託小宮照顧夜華是正確的。

作為增加夜華交友關係的最初人選，我想不出比小宮更適合的人。

雖然夜華一開始對嬌小少女的金髮與耳環感到愕然，不過小宮柔軟的氛圍與大而化之的態度，似乎一點一點地降低了她的戒心。

宮內日向花也是溝通能力很高的人。

可以說朝姬同學是技巧型，小宮是威力型吧。

「小宮，辛苦妳了。決賽情況如何？」

「我當然拿下冠軍嘍～」

「恭喜！來，有坂也祝賀她啊。」

夜華不經意地退到我背後，我把她推到前面。

「恭喜。」

「謝謝！得到夜夜稱讚真開心～」

「如果有坂也能這麼坦率地表達情緒有多好。」我在一旁小聲地說。

「有意見就別盯著我的臉。」
「只有這種攻擊性的情緒，妳才會坦率地表現出來。」
「——墨墨與夜夜感情很好耶。」小宮表達第三者的意見。
「那是錯覺！」
夜華立刻否認。這種過度敏感的反應，明明才會令人懷疑啊。
不出所料，小宮只對我拋來意有所指的視線。
哨聲響起，籃球賽結束了。
「好了，來熱身一下吧。」
我注意不妨礙別人地走上舞台。
「需要幫忙嗎？」當小宮照老樣子輕鬆地開口，夜華赫然一驚。
這種時候最傷腦筋了。
找小宮幫忙熱身，夜華會吃醋。即使拜託夜華，我也不覺得她會坦率地答應。
「啊！還是說，找夜夜幫忙你會更高興呢？」
小宮就像識破了我的苦惱般說道。
「——宮、宮內同學，妳打了很多場桌球，應該累了吧。我來幫妳按摩。」
夜華居然說要照料小宮，主動走上舞台。
「那麼，我也會幫夜夜按摩！」

小宮興致盎然地回答。結果，我一個人做起熱身操。

「夜夜先來吧！我會扎實地按一遍，讓妳變得軟綿綿喔！」

同樣走上舞台的小宮收張著手指靠近夜華。

「我不需要！」

「好了好了，別客氣，夜夜的胸部很大，所以肩膀痠痛得厲害對吧？按摩之後會很輕鬆喔～」

她以被評價為忍者的敏捷動作繞到夜華背後，開始揉肩膀。

「嗚哇～僵硬到不行呢，好硬。」

夜華壓抑著不成語句的呻吟聲，效果絕佳。

「～～！嗯～～嗚～」

「嘿嘿，這裡很有感覺嗎？是這裡嗎！」

小宮用謎樣的古裝劇貪官汙吏的口吻說著，將她肩膀揉開。

我也在旁邊開始做熱身操。這是自我退出籃球社後相隔許久的比賽。因為對比賽的敏銳度完全跑掉了，連跳投會不會進都值得懷疑。

七村肯定會毫不留情地傳球給我，因此也沒辦法悠哉地當個擺設。

「那麼，接下來是坐姿體前屈。來，把腿往前伸！」

夜華澈底迷失在小宮的高超技巧中，任她擺布地擺出姿勢。

「哇～夜夜真柔軟。」

小宮緩緩地推著夜華背部，她直接貼到了地板上。

「真意外，我以為妳一定很僵硬的。」

「瀨名，你說了什麼？」

「沒什麼，妳的柔軟度很好，真令我羨慕不已。」

「……夜夜對墨墨會露出可愛的表情耶。」

觀察我們互動的小宮吐露這樣的感想。

「宮內同學，那是嚴重的錯覺。」

「是這樣嗎～？不過我感覺到妳對他有點特別。」她再度瞥了我一眼。

「因為瀨名是神崎老師的爪牙，每次都來礙我的事。」

夜華用對外的冷淡聲調否認道。

「可是，夜夜去年蹺掉了班際球賽對吧，為什麼今年妳會出席呢？」

「只不過是消磨時間，我想順便看看瀨名出醜的樣子。」

「喂。」

這可不是對即將參加比賽的人該說的話。

「瀨名，要上場了。女生們為我們加油吧！」

球場上的七村把背號布章丟了過來。

「那麼，我上場了。」
「墨墨和七七都要加油。來，夜夜也替他們打氣吧。」
小宮比出勝利手勢送我。
「……有坂，這個妳幫我拿。」
我將脫下的運動服交給夜華。
「為什麼？」
夜華有點困惑。
「要把比賽看到最後喔，親眼好好地確認我有沒有出醜吧。」
我戴上背號布章，前往參賽。

從出賽選手的實力來看，我們A班對強敵B班的這場準決賽，將成為實際上的決賽。
這備受注目的一戰，吸引了已結束操場上賽事的學生們集結到體育館觀戰。
「「「七村同學～加油～！」」」
七村揮手回應別班女生的尖叫加油聲。
「真游刃有餘，對手可是有三名籃球社社員喔。」
兩隊各派出五人在球場中線面對面整列，比賽時間為十分鐘的迷你賽形式。

平常與七村是隊友的B班籃球社社員們充滿敵意，要趁這個機會讓他大吃一驚。那種敵意同時也是對於籃球社主將的肯定。

相對的，我們A班包含我和七村在內，選手個個行動敏捷，戰力上並不遜色，幹勁也很充沛。這是朝姬同學的策略性組隊帶來的成果。

「有我們搭檔就會贏啦。」

「別小看空白期啊，我運球和傳球就要竭盡全力了。」我吐露心中的怯懦。

「對手認為只要壓制住我就會獲勝，防守會集中盯著我，用我當誘餌，你去得分吧。」

「但今天早上的占卜單元寫到，不合理的運動會導致受傷，要有所節制耶。」

「瀨名～你起碼也要把以前的籃球鞋帶來啊！」

「那就別讓穿著室內鞋的我太勉強啊。」

除了穿高科技籃球鞋的籃球社社員外，其他人當然都穿著室內鞋。

「有坂在看比賽吧。瀨名你不好好表現，那就全看我秀身手嘍。」

「如此充滿自信，我真的很尊敬你呢。」

「——這次就讓我還清去年的人情債吧。」

「你明明不用在意的。」

這段閒聊消除了不少比賽前的緊張。

我看向舞台上，與依然抱著我的運動服的夜華目光交會。

「（加　油）」她動了動嘴唇。

我也是個廉價的男人。

光是這樣一個舉動，力量就自然地湧現。

比賽開始了。

七村跳到了球，將球準確地彈向我。

「突然就過來啊！」

一接到球，我就運球進入敵陣。

正如預期的一般，三名防守球員緊跟著七村，可以感受到B班唯獨絕不會讓這人得分的氣概。

有才能的傢伙遭到阻礙，是世間的常理。

剩下兩名球員則牢牢守住籃下不讓人進入。

沒錯，不同於社團活動，在班際球賽等級的比賽中，遠距出手的跳投幾乎都不會進。

因此大家幾乎都不提防遠離籃框的跳投。

「——我做就是了。」

我沒有傳球，在三分線上突然進入投籃動作。

球的重量、指尖碰觸的狀態，籃框與自己之間的距離感。膝蓋、手肘，最後回到手腕。球描繪出高高的弧線，宛如被吸過去一般破網而入。

搶先得分的三分球。

體育館一口氣沸騰了。

B班的選手們臉色一變。雖然我籃球技巧不如你們又半途退出，但我也有我做得到的事情。小看我是你們的自由，但看走眼可是會被暗算的喔。

「真是好球啊，瀨名。」

七村伸出拳頭，我也握拳相碰。

「這才第一球呢，繼續、繼續。」

「Foo～～瀨名真堅忍不拔～～」七村也起勁地開著玩笑。

攻守交替快得令人目不暇給的比賽持續展開。

我們的戰術很簡單，防守時各自一對一盯人阻攔對手，進攻時球先給七村。在他無法進攻時，交給我這個前籃球社社員投三分。沒進的時候所有人一起搶籃板，不漏掉彈出籃框的球，盡可能增加進攻機會。在七村擺脫對手的防守前，全隊迅速地輪轉傳球。

「瀨名同學，靠你了！」

隊友傳的球再度飛到我手上。

我依照戰術，毫不猶豫地投出三分球。

球再度穿過籃網，連續兩次獲得三分。

比數突然來到6比0。

B班開始需要提防我的三分球了，而當他們稍微放鬆對七村的防守，七村就會以宛如野獸般的自豪速度甩掉對手。另外三名隊友也不會錯過機會，擺脫防守的七村接到傳球後，就直接切進去將球灌進籃框。就算對手強行擋路，天生的體能也讓他不會被撞開，一再得分。

相反的，如果對手太過關注七村，這次又變成對我疏於防備。

我專心地在三分線外投射傳來的球。

內線的七村，外線的我。

我們A班形成了良好的進攻節奏，踏實地增加得分。

「你留下來練習三分球值得了啊，瀨名。」

「因為我在展示成果前就退社了，他們都不知道這件事呢。」

一年前，我和七村在社團活動後留下來練習，變得親近起來。

所以，只有七村知道我有三分投射這個殺手鐧。

七村雖然愛吹噓，但他投入的練習與實力相稱，比任何人都更理解努力的艱辛。因此他絕不取笑技巧差勁的我。

『只要你幫忙吸引防守，我進攻起來就會變輕鬆。反過來說也一樣。』

我們暗中練習的搭檔打法，沒想到會在相隔一年後迎來亮相之日。

◇◇◇

我看到了他完全未知的一面。

希墨以漂亮的投籃姿勢，從遠處接連跳投命中。

他投出的球宛如被吸過去一般穿過籃框。籃網晃動的脆響，被全場的加油聲蓋過了。

每當那個不起眼的希墨跳投，人人都屏住呼吸，當球投進了，大家就一起發出歡呼。

「墨墨又進了！」

我也全神貫注地看著比賽，專注到甚至沒聽見旁邊的宮內同學的吶喊。

「……妳知道瀨名為什麼退出籃球社嗎？」

我罕見地主動發問。

「墨墨他是為了保護七七而退社的。」

「告訴我詳細經過。」

「七七的籃球實力超越群倫，從好壞兩方面來說都性格任性。他打球又經常自幹，國中時代與隊友不斷發生爭執。升上高中後也一年級就空降成為先發選手，因此常常與學長們起衝突，每次從中調解的人都是墨墨。」

「很像瀨名會做的事。」

「對呀，多虧墨墨的輔助，七七也學到團隊合作的重要，成為大家公認的主將。但是，在夏季聯賽前的練習賽上出事了。」

「出事？」

「練習賽對戰學校的選手中，有七七國中時代的隊友，他大概是想報復以前結下的梁子，在比賽中以明顯是故意的粗暴動作弄傷了七七。當墨墨生氣地抗議，對方揍了墨墨。」

「這算什麼，動用暴力簡直差勁透頂。」

她告訴我的往事，讓我心頭湧出鮮明的憤怒。然後我察覺到。在油畫掉落的那一天，瀨名嘴角的傷是遭到毆打的痕跡。

即使才剛發生過如此嚴重的事件，那一天的他的態度依然一如往常。

「情況就這樣發展成所有人都涉及的鬥毆。雖然墨墨完全沒出手揍人，卻因為身為衝突的起因，最終受到退社處分。」

「太奇怪了吧！瀨名只是為了隊友發聲而已！」

我的音量大到自己都吃了一驚。

周遭的人同時看了過來，但那無關緊要，我在不知不覺間瞪著宮內同學。

「我也這麼認為。籃球社全體社員提出抗議，神崎老師也替墨墨說話。然而一方面是因為練習賽有許多觀眾在場，墨墨的退社處分無法更改。對學校感到不滿的七七大鬧說他也要退社，好像費了一番力氣才勸住他。」

「……為什麼即使絕交也不稀奇的兩個人，在那邊相親相愛地打籃球啊。」

在球場上，瀨名與叫七村的男生展現了精彩的搭檔表演。

「墨墨最後對他說『我把籃球託付給你，連我的份一起大顯身手吧』。能說服不聽別人的話的七七，男生之間的友情真令人羨慕呢，可以像這樣推心置腹後痛快地當回朋友……」

「瀨名明明不需要彌補他人的不成熟的。」

我無法像她一樣，把這件事當成一則美談。

總之，這是凡人為了優越的才能而犧牲的故事。即使拿男子氣概或美麗的友情這種華麗辭藻包裝，我本身也不能接受。

為何為了他人付出努力的希墨非得吃虧不可。

「那不就是墨墨的優點嗎，我覺得能夠為他人認真起來是很棒的。」

「為了不相干的人而自己吃虧，太荒謬了。」

——我非常煩躁。

因為那個狀況，也能直接套用到我與希墨現在的關係上。

「——原來夜夜也會生氣呀。」宮內同學露出微笑。

「我只是看不順眼瀨名的自我犧牲，好假。」

「我喜歡墨墨喔。」

宮內同學突然說出莫名其妙的話。

「妳沒瘋吧？那種傢伙有哪裡好了？」

我不禁擺出強烈到不自然的否定態度。

「能在關鍵時刻確實給予幫助的人很帥氣呀。」

「什麼人不挑偏偏挑瀨名，妳的品味還真差。放棄一定會更好！」

我自顧自地變得饒舌起來。說得愈多，我愈感到窒息。

她也很清楚瀨名希墨這個人的優點。

「放心吧，我不會偷走墨墨啦。」

「這跟偷走沒有關係。」

如果再跟宮內同學交談下去，我害怕事情會露餡。

一波特別響亮的歡呼聲包圍體育館。

13比14。

經過拉鋸戰後，A班終於遭到逆轉。一分的差距。時間還剩二十三秒。

「墨墨看起來好累，下一球就會決定勝負了。」

宮內同學像在尋求同意般說道。

汗流浹背的希墨手撐在膝蓋上，上氣不接下氣。

區區一場娛樂性質的班際球賽。以有段空白期的人對上現任籃球社社員來說，他的表現已經很活躍。

我認為希墨在沒有天賦的情況下已經盡力了，他努力奮戰過。

兩個班級的聲援比拼一口氣沸騰起來。

「希墨同學！只差一點了，抬起頭來！投籃得分！」

在比賽途中到場的支倉朝姬呼喊。

「墨墨！加油！」

宮內同學也用嬌小的身軀竭力大聲喊著，為他打氣。

在此起彼落的許多聲援之中，我不知不覺地站起來。

「要贏啊，希墨——————！」

我第一次呼喚他的名字。

夜華剛剛說了什麼？

那並不是疲倦的我產生的幻聽。證據是應該聽見了夜華聲音的學生們，全都面露啞然之色。

周遭的視線全部集中在剛剛放聲大喊的有坂夜華身上，她威風凜凜地站在舞台上，睥睨著我。

『要贏啊，希墨————！』

不會吧。

那個夜華在眾人面前大喊。

而且還終於直呼了我的名字。光是這個事實，就讓我的疲倦一掃而空。

周遭人幾乎都不清楚狀況，滿臉疑惑。

「剛才大喊的人，是有坂夜華？」「她果然長得很美。」「她的聲音是這樣啊？」「她也會幫人加油，還真意外。」「希墨是誰？」

我再度認識到，僅用一句話就控制全場的有坂夜華與我顯然等級不同。

她不惜做出那麼顯眼的行動，也開口要我拿下勝利。

——這世上最能令人打起精神的，就是心愛女人的加油聲吧。

我撥起汗濕的頭髮，大大做個深呼吸。

就連裁判都呆站著僵在原地。

「這麼一來是非贏不可啦。」

七村偷笑著撿起球。

「我知道。」

「瀨名，你臉色好紅～」

「跑動了這麼久，血液循環自然會變好！」

我拿走七村手中的球。另外三人已經走向前場。

「沒時間了，這是最後一次進攻！我來傳球，七村你一口氣運球切入。如果沒機會出手就回傳給我，我一定會投進。」

「了解，搭檔。」

我站在底線，將球傳給七村。

計時器開始計時。

七村以強勁有力的運球一口氣切入籃下。
對方三名防守球員齊上，拚命地阻擋他，堵住行進路線，截斷後退空間並擋住空隙。對方只要把時間消耗掉就行了。
我也立刻衝過球場。
「別想投三分！」
防守球員擋住了我和七村的傳球路徑。
「吃我這招！」
我左右晃動，迅速地擺脫防守者。
在我變得無人看守的瞬間，七村迫不及待地從三人包夾中以絕妙的時機把球傳出來。
犀利的傳球恰到好處地送到我手邊。
我的站位在三分線邊緣，我直接進入投籃動作。
剩下十秒。
驚愕的最後一名防守球員跳起，遮擋跳投路徑。
「你以為我只有三分球嗎？」
我做出假動作，運球穿過他身側。
有人慌忙從側面過來協防。
「————！」

我交叉運球，把球迅速從右手運到左手，又從左手運到右手。澈底被動作迷惑的對手失去平衡，一屁股跌坐在地板上。我迅速穿越他身旁，起身跳投。

在半空中，身體微微橫移。

即使如此，我信任自己變得敏銳的感覺，以指尖細緻的感觸做調整。

我在出手點最高的位置翻轉手腕，把球投向空中。

宣布比賽結束的哨聲響起。

球劃出優美的弧度，無聲地被吸入籃框。

一瞬間的沉默。

得分加計兩分，15比14。

A班拿下逆轉勝。

但在落地的瞬間，不快的疼痛襲上腳踝，我直接摔在球場上。

沒有餘力沉浸在勝利的喜悅中，我當場蜷縮在地。歡呼聲好遙遠。

「好痛！可惡，最後這樣結束真難看。」

雖然順利投進逆轉跳投，我好像扭傷了。室內鞋果然沒辦法像籃球鞋那樣穩穩停住。早上的占卜應驗了。

因為大家都在擊掌或互相擁抱，為勝利感到欣喜，沒有人察覺我的異狀。

在一片歡欣鼓舞之中，只有一個女生奔向了我。

我的情人跪在我面前探頭看向我的臉，臉色大變。
「瀨名，你沒事吧？很痛嗎？我們去保健室！」
「……夜華。」
「怎麼了？很痛嗎？」
「妳的腳程意外地快耶。」
我一瞬間忘了自己的疼痛，不禁感到佩服。
她跳下舞台，筆直地朝我跑來的跑姿頗有架式。
「那種事不重要吧！笨蛋！」
「喂，別打傷患啦。我可是勝利的功臣耶，多多讚美我吧。」
「那是用受傷換來的勝利吧。」
夜華無言地說。
「既然喜歡的女生在替我加油，我怎能不努力呢。」
「────」
這種難為情的氣氛讓我心神不寧，但我並不覺得討厭。
「喂～瀨名，既然你們要卿卿我我，是不是不用我幫忙了？」
七村走了過來，臉上的偷笑顯然是出自勝利以外的理由。
「有坂的速度也真快呢～」

「我擔心傷患不行嗎？」

或許是被夜華的認真態度壓倒而退縮了，七村收起偷笑的表情。

「我還以為是瀨名在單戀呢……來，站得起來嗎？」

我扶著七村的手站起身。

我小心翼翼地試著將扭傷的左腳落在地上，果然很痛。

「嗯。不行，完全扭傷了。」

「很嚴重嗎？」

「不要緊的，有坂。扭傷在籃球中並不少見，我習慣了。」

為了不讓夜華擔心，我忍著痛勉強擠出笑容。

「別逞強了，現在和去年不同……」夜華並未生氣，歉疚地小聲說道。

「都是因為瀨名很弱啦。」

「別把我跟像你這樣的體能怪物相提並論。」

「體格也是天賦啊。」

「你可是也背負著我的青春在打籃球，要是不更加大展身手，我會傷腦筋的。」

「所以我採取了活用隊友的打法吧。能再次跟你一起打球真好。」

「希墨同學，太精彩了！那一球投得真好！這麼一來就有機會拿下綜合冠軍了。」

「墨墨，扭傷很嚴重嗎？你沒事吧？」

朝姬同學、小宮還有其他人也開始聚集過來。

「要我扛你去保健室嗎？」

「接下來要打決賽了吧，你一定要獲得勝利。」我拒絕了七村的提議。

「說得也對。有坂～不好意思，妳陪瀨名過去吧。其他人則為決賽加油吧！」

七村指名夜華代替自己。

「朝姬同學，後面的事交給妳了。」

「辛苦了，這邊的事情你不用擔心，好好療傷吧。」

「小宮，謝謝妳在各方面的幫忙。」

「多虧這樣，讓我見識到有趣的東西嘍～」

小宮笑著露出一口白牙。

「好了，走吧。」夜華主動將我的手搭到她肩上。

背後傳來對於有坂夜華的一連串行動議論紛紛的氣息。

厭惡交際的超級美少女主動靠近渾身是汗的男生的模樣，似乎激起了旁觀者們的好奇心。

不過，她本人因為擔心著我，完全沒有發現這些。

「好！別讓瀨名的犧牲白費！就這樣贏下決賽吧！」

七村得意洋洋地大喊，將注意力引到自己身上。

「七七，墨墨沒死啦～」小宮也跟著應聲。

兩人就這麼強行鼓舞了二年A班的士氣。像這種特別吵鬧的現充調調，唯獨在這個時候很有幫助。七村與小宮或許已經發覺了我和夜華的關係。

「……沒關係嗎？」

在走廊上前進時，我不禁問道。

「要我像油畫掉落時一樣，目送負傷的你獨自離開，感覺很不舒服。」

「也有過那種事呢。」

大約一年前在美術準備室發生的那件事，使我們的關係邁進了一步。

從體育館到保健室的一小段路。

我體重微微靠在夜華身上，感慨萬千地行走著。

◇◇◇

我們抵達保健室，發現保健老師外出了。

「我來幫你治療，你坐在那邊的床上吧。」夜華取來必要的醫療用品。

「妳知道治療方法嗎？」

「受傷的人老實待著。總之先用這個冷卻腳踝。」她把罐裝冷卻噴劑丟了過來。

「好球。妳也是當三分射手啊。」

「……我以前都不知道，你籃球打得這麼好。」

「算是以前練過的技術啦。」

娛樂性質的球賽上，有相關經驗或運動神經優秀的人往往容易引人注目。特別是籃球對於外行人來說是高難度的競技。首先會運不好球，投籃也很難命中。因此有經驗者的人數會直接關係到戰力的差距。在這種情況下，我們對上有三名現任籃球社社員的B班能夠取勝，是因為另外三個同學都打得很認真。否則的話，我與七村也沒辦法拿下那麼多分數吧。

我脫掉襪子，將噴劑噴向紅腫發熱的左腳踝。

「那是你本身練習的成果吧。」

「然而，跟像七村這樣厲害的傢伙一起打球讓我察覺，光靠努力無法與之抗衡。獨一無二的天賦，確實是存在的。」

「所以，你乾脆地退出了籃球社？」

夜華大概在觀戰時向小宮問過了我退社的理由吧。

「沒錯。」

「冰箱裡有保冷劑，用這個吧。」夜華坐在床邊，把以毛巾包裹的東西輕輕地貼上我的腳踝。

「啊～好冰！」

「要忍耐到消腫為止。」

「不好意思，還讓妳幫我治療。」

「你會受傷可以說是我的關係。而且這樣可以離開體育館，我覺得正好。」

到了現在，我才對於在保健室裡兩人獨處的情況感到緊張。

這和平常在美術準備室裡沒什麼差別，我這麼暗示自己，但細微的動作也會讓承載兩人份重量的床鋪嘎吱輕響。

「如果你有繼續打籃球就好了。」

「不論以前或現在，我都不覺得後悔。如果沒離開社團，我也不會跟妳交往。這是我的正確選擇。」

「——希墨，你在場上很帥氣喔。」

我雙眼圓睜。

如果我沒有聽錯，她直呼了我的名字。

而且還稱讚我很帥氣。

不，夜華的確這麼說了。她其實應該害羞得想逃跑，卻因為要冷卻我的腳踝無法離開。

她整張臉連脖子都紅透了，竭力轉頭避開我。

「夜華喜歡運動員啊？」

高興到突破極限而失靈的大腦，脫口冒出莫名其妙的問題。

「啊？我把你弄成兩腳都扭傷不能走路喔！」

「騙妳的，等一下，對不起！小夜華，原諒我吧！我超高興的！我愛妳！」

「不要趁亂表達愛意！」

「因為我們是情侶，我會坦率地用言語表達喜歡之情喔。」

「唔～～」

我喜歡的女孩總算轉向了我。

「就算現在是兩人獨處，你也太得意忘形了。」

「因為愛滿溢而出了，這也沒辦法啊。」

「反正你馬上就會厭倦的。」

「如果我是很快就斷念的人，就不會弄什麼麻煩的暗戀，也不會相隔一年才告白。」

「麻煩？你很清楚，我是個難搞的女人吧。」

夜華擺出理直氣壯的態度，試圖維持自己的好強。

「包含那種難搞的一面在內，我都覺得很可愛。」

我喜歡有坂夜華。

我毫無疑問、無可救藥地為她所吸引。

我對眼前的女孩著迷到甚至忘了腳踝的疼痛。

光是能再度確認這份感情，就足夠幸福了。

然而，更加幸福的事發生了。

「夜、華……？」

「付出努力的人，應該要得到獎勵吧。」

夜華緊抱住我。

就像幼童以全身使勁緊抱住心愛的布偶一樣，她纖細的雙臂環到我背上。

在兩人一起溜出教室的那一天，我在通往屋頂的樓梯間說過「付出努力的人，應該要得到獎勵吧」，夜華記住了這句話。

柔軟的身軀緊貼過來，我不禁僵住。

我心臟猛然一跳。不過，一定不是只有我而已。夜華的頭靠在我的下巴，鎖骨一帶傳來熾熱的吐息。

「真大膽啊。」

「你不願意？」

「太棒了，我都快就這樣死掉了。」

「我不希望你死掉，要我鬆手嗎？」

「我騙妳的。一輩子都別放開我。」

「我想就算是情侶，也沒有人一輩子都抱在一起的。」

「我不在意喔。」

我也一手搭在她的腰際，讓兩人貼得更緊。夜華並未抗拒。

「我看傷患還是休息比較好吧？」

「這是最棒的治療。」

「真誇張。」

「是真的。」

「那我就再這樣抱一會。」

夜華的緊繃也漸漸放鬆下來。

她的甜美氣息，讓我無法壓抑地心頭小鹿亂撞。

互相碰觸，感受體溫，意識到氣味。身體的活動一一鮮明無比地互相傳達給對方。

「會不會有汗臭味？」

我問了個現在問也太遲的問題。

「我不在意。」

「夜華其實有氣味癖之類的？」

「聽說ＤＮＡ投契的人，會覺得對方的體味很香。」

「我喜歡夜華的氣味喔。」

「希墨是變態。」

「謝謝妳終於直呼我的名字了，我好高興。」

「……偶爾叫叫的話。」

「目前這樣就夠了。」

夜華把頭埋進我胸前，我對她如此呢喃。

幕間二

他投籃的姿勢很漂亮。

從那麼遠的距離出手的球描繪出彩虹般的弧線，被吸進籃框中。我覺得就像魔法一樣。

當然，我知道那是技術，是他努力的結晶。

在我這個外行人來看，那份實力放在學校的班際球賽上展現太可惜了。

我任性地心想，我也想在正式比賽中看他投籃。

可是，正因為努力過，他很理解自身的力量吧。

這讓他一派理所當然地選擇去保護優異的天賦，而非平凡的自己。

瀨名希墨具有這種奇特的乾脆。

讓自己始終扮演稀薄背景的傾向。

對於作為影子沒有不滿，即使幫助了哪個人，也不以恩人自居。

理解對方最需要的事物，極為自然地補上欠缺的部分。

對方變得更加耀眼，幾乎無人關注他這個影子。

這是種不起眼而難以獲得評價的吃虧角色吧。

一般人不願意積極地這樣做，但他無意識地了解那個重要性。

一直以來，他不經意地支持過許多人，救贖他們，鼓勵他們。

比起自己，能夠乾脆地以他人為優先，是種高尚的強大。

那若無其事的溫柔並不高調，卻非常可貴。

因為我也是受他拯救的人之一。

不知不覺間，在心中成長的感情變得非常巨大。

不管我再怎麼試圖無視自己的真心想法，視線也追逐著他的身影。

光是這樣就很幸福了。

光是這樣就足夠了。

我害怕更進一步的發展，不敢期望。

如果表明心意，一切或許都會改變。

我再度察覺，自己對於那個如空氣般的男孩越發著迷了。

第九話　平息下來吧，我的煩惱!?

放學後，我和夜華前往常去的家庭餐廳，半路上下起雨來。

雨勢很大，我們卻連折疊傘都沒帶。

「不能同撐一把傘還真可惜呢？」

「花時間開玩笑會感冒的喔。」

我們姑且先跑到附近的小餐館屋簷下躲雨。

兩人的制服都淋得濕答答的。

「腳踝的情況怎麼樣？」

「真愛操心。因為扭傷不嚴重，已經完全好了。」

我原地輕輕蹦跳，向她強調我康復了。

「喂！水滴會飛過來啦！」

邊笑邊生氣的夜華拍打我的手臂。

「如果有帶毛巾就好了。」

我試著翻找書包與口袋，卻連條手帕也沒找到。

「真邋遢，至少要帶手帕啊。」夜華用自己的手帕替我擦拭濡濕的頭髮與臉頰。

「我就不用了。」

「淋雨會感冒不分男女都一樣吧。」

夜華的手沒有停下來。

頭髮淋濕的夜華顯得性感撩人，和平常不同的印象令我心跳加速。

自班際球賽之後，有坂夜華有了一點改變。

她的僵硬態度緩和下來，在一起時的距離感也變近了。在剛交往時，她因為太過意識到我而顯得緊張，但現在感覺會放鬆地享受著兩人時光。

同樣地，我也感受到同學們看待夜華的目光有所改變。

契機是她在那場籃球賽的加油聲。

一大原因在於，夜華原本散發的生人勿近的氛圍，在經過那件事後豁然開朗般地軟化下來了。

儘管她仍然很少與同學交談，不過小宮找她攀談時，她變得會簡短地回應。

「接下來要做什麼呢？」

「雨也沒有要停的跡象，我想找個地方休息。」

我回答夜華的詢問，同時考慮著。

無論是回學校或前往車站，距離都差不了多少。

身上一直濕淋淋的，會受寒的。雖說已到了四月中旬，下雨時還是感覺得到寒意。我想弄乾頭髮與制服，也想有傘可用與喝杯熱飲。

我無意間看向身旁，發現夜華的臉不知為何異常的紅。

「——休息？你打算帶我去哪裡？」

「……不是的！我不是那個意思！我只是純粹想歇一歇，可不是想去賓館之類的奇怪地方！」

我慌張地辯解。我沒有半點那種想法。

「不如說，原來夜華知道賓館什麼的啊。」

她理解賓館是做那種事的地方，是最令我動搖的。

「希墨好色……」

「妳知道那裡是用來啪啪啪的地方，也跟我同等級啦。」

「那是姊姊擅自告訴我的！」

「夜華的色情知識，是妳姊姊直接傳授的嗎？」

「別說是色情知識，那是健康教育的一環。」

「在健康教育中學習的主要是最後階段的部分，前面階段的戀愛不包含在教學中。」

因為這是個過度要求溝通能力的時代，真希望學校乾脆也確實教導學生談戀愛的方法與男女的溝通方式。為什麼偏偏把不只青春期，更可能左右人生的部分交由學生發揮自主性？

我反對自行負責！

我試著逃進胡思亂想當中，但急促的心跳卻無法輕易平息。

此時只有雨聲作響。

夜華害得我產生奇怪的意識，想不出下一句話。淋了雨明明應該會冷，我卻感到耳朵異樣地發燙。我們保持肩膀幾乎相觸的距離，沉默不語。

在這之後的實際問題，與「說不定……」的妄想在我的腦海中盤旋。

哈啾。可愛的打噴嚏聲讓我回過神來。

「——好！」

我做好覺悟說道。

夜華的肩頭顫了顫。

「夜華。」

「什、什麼事？」

「跟我一起來吧。」

「去哪裡？」

「我家。」

「咦？咦咦？是指瀨名的家嗎？」

「不然還有什麼地方？」

「……可以、嗎？」

「因為去我家我們就能沒有顧忌地弄乾衣服，我也可以借傘給妳。」

我條理分明地陳述現在該做的事，藉此極力試圖抹去心虛的含意。

「既然希墨覺得可以，那就多謝了……」

夜華點了點頭。

◇◇◇

我家位於高中步行可達的範圍內。

既然我們在交往，我抱持有一天想邀請夜華來家裡的念頭，卻沒想到會這麼快就實現了。

我們在豪雨中一口氣奔向我家。

我家是兩層樓的獨棟房子，附帶小庭院與停車空間。

我匆匆打開玄關門鎖，進入家中。

「總之，去浴室擦擦頭髮和制服吧。」我脫下鞋子登上走廊。

「可是，直接走過去會弄濕走廊。」

夜華身上滴著水珠，對踏入我家感到遲疑。

「反正都被我弄濕了，不必在意。來。」

我強行拉起夜華的手。

「打、打擾了！」

儘管這裡沒有人，夜華還是規矩地打了招呼。

我們忍受著濕襪子的不適感，就這樣啪達啪達地走向走廊深處。

「我這就去拿浴巾——」

我沒有敲門便打開了盥洗室兼更衣室的門。

裡面有個剛洗好澡的全裸少女。

她有著高個子，長相卻帶著稚氣。體型消瘦，四肢像棍子般又細又長。不過確實具有女性化的隆起。

「嘖？」

我慌忙閉上門。

「……希墨。剛剛有人在那裡對吧？」

「大、大概是妳的錯覺吧？」

「有個女人對吧，裸體的。」

「這要怎麼說呢，這也完全出乎我的意料。」

當我語無倫次起來，門自行打開了。

「什麼啊，希墨回來啦。歡迎回家～」

剛剛出浴肌膚光滑的少女只包著一條浴巾，露出開朗的笑容向我開口。

「什麼『歡迎回家』！妳起碼也要鎖門啦！」

「啊哈哈。抱歉，我忘了。」

「啊～糟透了！」

我拚命思考要如何巧妙地解釋這個離奇古怪的情況。

「別生氣嘛～啊，你可以進浴室嘍。」

這種即使在剛洗完澡時撞上我也不為所動的我行我素態度，讓我覺得很煩。給我學學一點謹慎啊。

「好了，去穿衣服！馬上去！」

「咦～剛洗完澡很熱耶～」

「我每次都跟妳講過，別只包著一條浴巾到處晃吧！」

「希墨今天特別可怕～」

就算我一再告誡，她也只是稍微嚇到，不當一回事。真傷腦筋。

「——是嗎，原來是這麼回事。」

先前沉默得令我毛骨悚然的夜華，以我從未聽過的悲傷語氣悄然低語。

「妳妳妳、妳理解了什麼？我什麼都還沒解釋啊！」

我嗓子發堵，戰戰兢兢地轉身望向我的情人。

眼前是地獄般的場面。

「把我找來家中，和全裸的劈腿對象碰面是怎樣的興趣啊！你這個變態！渣男！負心漢！」

夜華暴怒了。

「等一下等一下！妳誤會了！一切都是意外，而且這傢伙不是什麼違背良心的存在！妳先冷靜！只要我說完後妳就會明白！」

「這傢伙，叫得還真親密啊。」

「因為我們同住，當然很親密啊。」

「喔，而且還同住，所以你才看慣了她的裸體？」

不妙，她的聲音冰冷無比。

「她不是夜華所想的那種對象！這傢伙是——」

我全力否認。

「隨便叫你『希墨』的女人才不值得信任！」

因為神經斷線的夜華，瀨名家突然化為地獄。

她明顯是在遷怒關於朝姬同學的事情，不過夜華真的誤會得很離譜。

「冷靜下來聽我說！這傢伙是我讀小學的妹妹！」

「…………喔。」

她嗤之以鼻。

「妹妹。妹妹呢。妹妹啊～」

夜華陰森地重複了三次同一個字眼。

「沒錯，妹妹！妳明白了嗎？」

「哪壺不開提哪壺，居然說成妹妹。你也找點更像樣的藉口啊！」

「是真的！這傢伙是我真正的妹妹！親生妹妹！有血緣關係！」

「哪有裸體被哥哥看到還不在乎的妹妹！還真方便啊。倒不如說，我看你們是很習慣這種狀況了？」

欲加之罪何患無辭。

「正好相反！她才小學四年級，這也無可奈何吧！」

「哈！最好會有發育得這麼好的小學生啦！」

夜華指向包著一條浴巾，頭髮還濕淋淋的我妹。

第三者的角度來看，我家妹妹可以說像高中生。再加上夜華氣得血衝腦門，那就更是如此了。

「她是在營養過剩中長大的！」

「無論如何，在你帶女人進家門的階段就出局了！」

「我沒有帶女人進家門！因為這是我家，我妹只是也住這裡而已！相信我啊！」

「辦不到！你們長得一點都不像！」

「我們就是這樣的兄妹，即使長得不像，這傢伙就是我唯一的妹妹！」

我和夜華鼻尖幾乎撞在一起，激烈地爭吵。

「吶吶，希墨。吵架不好啦。」妹妹揪了揪我的制服衣角。

面對氣得要命的大美女，讀小學四年級的妹妹怕得顫抖，躲到我的背後。

「映，不要緊。這個大姊姊是哥哥的同學，那個，是女朋友。」

我難為情地將有坂夜華以情人的身分介紹給妹妹。

「不會吧？希墨交到女朋友啦！還是這麼漂亮的大姊姊！好厲害！」

天真無邪的妹妹眼睛亮了起來，用只包著一條浴巾的半裸樣子高興地蹦蹦跳跳。很危險喔，別跳了。

「喔、喔……這女人滿懂得應用的嘛。反應真的像小學生一樣。」

夜華的態度突然軟化，但尚未放下懷疑。

我忽地想到，在洗衣機裡翻找著拿出一件運動服。

衣服胸前大大地寫著「4－2　瀨名　映」的字樣。

「這樣妳能相信了嗎？」

「——對不起。」

夜華罕見地坦率道歉。

◇◇◇

幸好希墨的妹妹小映是個大而化之的孩子。

「希墨的女朋友為什麼長得這麼漂亮？是藝人？還是模特兒？」

她反倒眼睛一亮，對我產生興趣。

坦白說，以這種形式與男朋友的家人見面，完全在意料之外。

小映十歲，但怎麼看都不像小學四年級生。如果讓她穿著高雅的服裝再化妝，就和成人毫無差異了。

「最近的小學生真成熟。」當我說出迫不得已的感想，希墨傻眼地說：「偏偏是夜華妳來說這種話？」

在那之後，我依照小映的提議借用了瀨名家的浴室。

在發生尷尬得要命的誤會後，我在放滿溫暖熱水的浴缸裡，讓熱水淹沒到肩膀。

「我在男朋友家中的浴室裡赤身裸體。」

我有種不可思議的心情。

我在陌生的地方，一絲不掛地處在放鬆狀態。蓮蓬頭與浴缸的形狀也不一樣。洗髮精、沐浴乳與香皂也是我不曾用過的牌子。

「希墨每天都在這裡洗澡嗎……」

我忽然去想像，察覺這是個非常糟糕的狀況。

說真的，幸好他的妹妹在這裡。

如果與希墨兩人獨處，在這之後到底會發生什麼事呢？

明明才泡了熱水沒多久，身體卻特別地熱。怎麼辦，出了浴室後，我該用什麼表情見希墨才好？真奇怪，我明明擅於思考，腦海中卻茫茫然的無法整理思緒。

「不行，會泡昏頭的。」

我從浴缸裡站起來。

平常我明明會泡澡泡更久，但今天實在做不到。

「總之，就像平常一樣，保持普通就行了。」

我這麼告訴自己，卻一下想起希墨對我說過「有坂妳並不普通」，一下又想不起來。

我已經有些泡昏頭，思考能力無法指望。

我打開浴室門。

希墨不知為何在盥洗室裡。

啊，因為緊張，我完全忘了鎖門。

「——」

「…………」

第一次看到希墨穿便服，感覺很新鮮。服裝簡約但意外地還不錯，很適合他又迷人。如果我們在假日約會，我要穿什麼衣服呢……

「對、對不起。我只是要把我妹拿去吹頭髮的吹風機放回來而已，夜華也是長髮，沒有吹風機很不方便吧？我沒想到妳會這麼快出浴室，那個……」

希墨滔滔不絕地找藉口，把吹風機放在洗臉台旁，馬上出去了。

好的，我的逃避現實也結束了。那麼，開始吧。

我走到走廊上，牢牢地關緊盥洗室的門。

緊接著，裡面傳來裂帛般的驚叫。

「——不，這個狀況果然不妙啊。」

我滑下來癱坐在走廊地板上。

雖然門沒上鎖，走進盥洗室的我當然也有錯。不過只是要把吹風機放回去，我想說一瞬間就結束了啊。因為洗澡水都放好了，她在泡澡的話應該暫時不會出來。結果夜華居然出現了……

光是喜歡的女孩在自己家裡就讓我心跳加速難以按捺了，又加上了這個衝擊。我不小心看到了驚人的一幕，我不禁捂住臉龐。

抱歉，我不小心看到了。不過，謝謝。

「啊——我果然喜歡她，超喜歡。我不行了，喜歡到好難受。」

我強烈地再度確認了自己的心情。

破壞力特別強。

從淋雨那時候開始刺激明明就很強了，計劃外地邀請她來家中已經讓緊張感達到頂點，最後更在浴室撞見她，真是的！

我根本就像戀愛喜劇的主角嘛！

讓人又喜又羞的偶發事件自顧自地連鎖發生，好可怕。我總覺得自己正在劇烈地消耗運氣或壽命之類重要的東西。

「希墨？你在走廊上做什麼～？一個人玩捉迷藏？」

天真無邪的妹妹過來看看情況。

「My sister，妳為何不叫我哥哥呢？」

「咦～映不會英語。」

我妹妹的聰明程度似乎比不上身體的發育。

「以後妳可以叫我哥哥嗎？」

「希墨就是希墨啊。」

十歲的妹妹未必能正確地領會我的內心想法。

「……說得對，映就是映。」我摸了摸妹妹的頭。

雖然碰到各種狀況，我很慶幸映在家裡。

老實說，如果我和夜華兩人獨處，不知道到底會發生什麼事。

「對了，希墨，今天的晚餐呢？」

「晚餐的事妳去問老媽吧。」

「今天媽媽和爸爸都不在喔，他們說過要去爺爺家了嘛。還說要在那邊過夜，晚餐交給希墨準備。」

我忘得一乾二淨！今晚爸媽不會回來嗎？好危險，真是好危險～

邀請女朋友來家中，然後說：「今天我爸媽不會回來。」是戀愛喜劇中常見的情節。沒想到這種老套的發展也逼近了我。

不行，心跳快到心臟都要壞了，我真的會緊張而死。

外頭下著大雨，夜華很可能會留下來過夜。

我也感興趣，但理性還是占了上風。現在實在還太早了。

不過，因為剛剛直接目睹，我腦中的妄想變得更加鮮明了。

我沒有為緊要關頭做好準備，要是走到那一步我應該會被叫去便利商店買？

……不，別去啊。我一定會忍不住跑去的。

「映。聽好了，今天爸媽不回家的事，要對夜華——那個大姊姊保密喔。這是妳與我的約定。」

「希墨，你的表情好可怕喔。」

「求求妳，別說出去。」

「雖然不太懂，如果你買哈根達斯給我，我就不說。」

「嘖！就這個條件吧。」

可惡，明明是小學生還挑嘴。

當我在客廳準備好茶點時，夜華出來了。

「替換衣物可以嗎？」

我裝出平靜的態度，徹頭徹尾扮演接待客人的主人角色。

「嗯，雖然大了一點。」

夜華穿著我的長版T恤與五分褲。

領口開得很開，連鎖骨都看得到。但值得驚訝的是，胸部繃得緊緊的。以她胸部的分量來說，即使穿男裝也會覺得緊啊。五分褲在屁股那裡也感覺沒有太多空間。

雖然隔著制服也看得出夜華的好身材，現在我能更加具體的想像出那個壓倒性分量的存在感。

——平息下來吧，我的煩惱？

從太長的衣袖裡伸出的手也好可愛。那可是我的衣服喔。

為什麼女生穿上男裝，看起來就如此充滿魅力？

情人在我的生活空間裡的非日常感，讓我滿心感動。

「希墨，映的紅茶要三顆糖喔。」

映照老樣子讓我倒茶。因為兄妹年齡差距大，我從映還小的時候就開始照顧她，把妹妹養成了嬌生慣養的小孩。

算了，今天我就不抱怨了。

我還必須找映來陪伴夜華。

「拿去，別燙傷了喔？」我在妹妹面前放下紅茶。

「希墨不喝嗎？」

「我得去準備晚餐啊。」

「咦～我們三個一起聊天嘛。」

「都是因為妳說妳肚子餓了吧，妳能忍耐晚餐延後嗎？」

「那來點披薩啊！」

「映要請客的話無所謂喔，妳要用壓歲錢付嗎？」

「不行！希墨請客。」

沒在打工的高中生的財務狀況可想而知，披薩可不是我能自掏腰包點來吃的食物。

「別要求一堆。」

「小氣！」

這個大隻的妹妹，只有磨人的時候是與年齡相符的小學生等級。

「你們感情真好。」夜華愉快地望著我們兄妹的互動。

「我都借用了浴室，不如我來出錢吧？」

「好耶！夜華好溫柔！」

「不行！我不能讓客人做這種事，對這傢伙的教育也不好！」

我駁回這個提議。

「他意外地是個嚴格的哥哥呢。」

「他平常都是這個樣子。」

「咦～好過分。」

「就是說吧。」

夜華和映把臉靠在一塊竊竊私語。

「喂，別在那邊串通，這樣會危及我的立場啊！」

我總覺得她們兩個人要是串連起來，對我來說非常不便。

話雖如此，她們比我想像中處得更好，讓我很意外。

「面對映的時候，夜華就不怕生了啊。」

「那是因為……」

夜華直盯著映的臉龐。

「……她是希墨的妹妹，我想跟她好好相處。」

她接著看向我。

「那妳就用她來訓練溝通能力吧。」

我裝作在思考晚餐的菜色，背對兩人打開冰箱。

當然，這是為了不讓她們看到我嘴角的偷笑。

咦，剛剛的台詞代表她在考慮與我的未來嗎？將來會成為瀨名夜華的那種？

腦海中停不下來地冒出心急的妄想。

別衝太快，瀨名希墨。再繼續跨過更多階段那怎麼行。

「你要開著冰箱開多久啊。」耳邊突然傳來夜華的聲音。

當我回過神時，夜華已在身旁。

「啊，有絞肉呢。我來做個漢堡排吧？」

「可以嗎？」

「反正我回家也是自己煮，就當成是對今天的謝禮。讓我來煮飯吧。」

「那麼，如果不會造成困擾的話，晚飯就交給妳了。」

「嗯，包在我身上。」

我把圍裙拿給充滿幹勁的夜華。

第十話　度過夜晚

「「我吃飽了！」」

夜華親手做的漢堡排很美味，我們兄妹吃得心滿意足。

漢堡排上還放了荷包蛋，加上白飯和味噌湯，配菜是連配色都考慮到的奶油燉紅蘿蔔與馬鈴薯沙拉，營養均衡也十分完美。能用現有的材料做得這麼好吃，夜華的廚藝好得令人感動。

「粗茶淡飯，請多包涵。」

看到我們把餐盤中的食物吃光光，夜華也滿足地微笑了。

「我來收拾碗盤，夜華去休息吧。」

我把要清洗的碗盤端到水槽。

「不用在意，我並不討厭洗碗。」

「我在做菜時一點也幫不上忙，所以至少讓我洗洗碗吧。」

「那麼，我們一起做吧。」夜華也來到了廚房。

穿著圍裙，紮起馬尾的夜華站到我身邊。

「我來洗碗，希墨你負責擦乾吧。」
「了解。」
「……總覺得和平常相反呢。」
「妳是指什麼？」
「換成我對班長下指示呢。」
「我很清楚妳意外地適合家庭生活啦。」
「我喜歡做家事，看到環境變乾淨，心情不是會很好嗎？」
「妳不看食譜就能俐落作菜，應該很熟練吧。」
「這種事都是靠熟練啊。家常菜只要多做幾次就能記住了。」
「啊～有坂夜華沒有弱點嗎～」
雖然本來就知道，我的女朋友無論什麼事都做得到。
「……總是攻擊我弱點的人沒立場說我吧。」
「我？攻擊了哪裡？」
我可是忍著沒在呼吸會吹到夜華耳朵上的距離說話喔。
「戀愛。」
夜華微微別開臉龐，馬尾甩動，她白皙的頸項落入我眼中。
「吶，希墨會跟夜華結婚嗎？」

這時候，我妹妹突然拋出宛如強勁快速球的一句話。

「什──啊？」

夜華大受動搖，盤子從她手中滑落，拋飛出去。

我剎那間做出反應，在落地前抓住了盤子。

「接得好！真不愧是希墨。」

「映，別說奇怪的話。我們還是高中生耶！」

「新娘。我，成為希墨的新娘……呀！」

夜華一邊妄想未來的藍圖，一邊臉泛紅暈。

「不過，要是夜華變成姊姊，映會很高興的！這樣天天都吃得到好吃的料理了。」

「我、我成為小映的嫂嫂？我會有個小姑？」

一旁的她就像有了世紀大發現般興奮不已。

「就算我們結婚了，也不會和妳住在一起喔。」

不如說，別自然地企圖寄生在新婚夫妻家中啊，My sister。這樣很難卿卿我我。

「咦～好奸詐！映也想和夜華一起住！」

「別說任性的話了。」

「希墨，你那麼想獨占夜華嗎？」

妹妹天真無邪地問。

回答當然不用說。
「沒錯，因為夜華是我一個人的女朋友，我無意讓給任何人。」
「希希希、希墨！這是求、求求、求婚……！」
夜華像在痙攣一般，沒辦法好好講出話來。
「唔，對了！夜華，今天留下來過夜吧！我們三個一起睡！」
「「啊？」」
「就這麼做吧！這樣很好！哇～！」
「別擅自決定！」
我慌忙制止妹妹的莽撞。
「雨勢還很大，夜華要回家會很麻煩的。而且今天媽媽與爸爸也不在家。」
「咦？」「啊，笨蛋。」
明明說好爸媽不在的事要保密，妹妹卻乾脆地暴露了。唉，義務教育課程的小孩子就是這樣啦？
夜華的表情從剛剛的興奮轉而變得僵硬起來。
「抱歉。在映告訴我之前，我也忘了這件事，並非有意隱瞞。」
「啊，嗯……原來如此。」
「我看是這樣吧。夜華的家人也會擔心妳，所以沒辦法在外面過夜的吧。」

我用極為實際的理由試圖駁回妹妹一時想到的提議。

因為喜歡的人在同一個屋簷下，我絕對睡不著啦！

「……呃，我的父母目前都在美國長期出差，不必在意。姊姊也和平常一樣睡在大學的研究室，所以沒問題……喔。」

真老實！我的女朋友誠實得令人驚訝。妳不拒絕嗎？咦，就算妳選擇避開，我也沒有意見的。

「哇～那就決定嘍！好期待！」

沒理會歡欣鼓舞的妹妹，我試探夜華的真實想法。

「真的可以嗎？」

「都特地洗過澡了，我不想又淋得濕答答的回家。嗯，所以……就是這麼回事。」

夜華口中沒有說出ＮＯ這個字眼。

來人啊，把備用心臟拿給我。我的心臟差不多快爆炸了。

◇◇◇

因為妹妹堅持要三個人一起睡不肯退讓，我在作為客房的和室裡鋪了三人份的被窩。夜華提議要幫忙，被我推去陪妹妹了。

在那之後，我也總算能進浴室洗澡，讓自己冷靜下來。

我試著冷靜後一想，我們是三個人同睡。

並不是兩人獨處。

三個人躺成川字形熬夜一會兒，一邊聊聊天一邊加深情誼，僅僅如此。只要入睡，清晨就會來臨。

「不就是這樣而已嗎！啊哈哈！」

我把這句積極又和平的台詞說出來——同時不斷地拿蓮蓬頭沖冷水。

煩惱散去！

我在連身體深處都冷透之後回到客廳，只見夜華跟映正一起在看電視綜藝節目。

「妳們變得很親了呢。」

「因為夜華很溫柔啊。」

妹妹緊抱住夜華不鬆手。可惡，小學女生不懂得客氣。

「你在吃小映的醋嗎？」

我的情人就像看穿了我的想法般取笑道。

「那傢伙有愛抱人的習慣，會像子泣爺爺一樣纏著人不放，做好覺悟吧。」

「女孩子這樣不是很常見嗎，我也會抱著布偶不放喔。」

「只有布偶嗎？」

「——！那一次是獎勵！是特別的！」

夜華回憶起我們在保健室的擁抱，這麼反駁。

「下一次是什麼時候呢～？」

我嗆了回去。

我竭力逞強著不讓她察覺內心的動搖，在沙發邊上坐下。

映正在向平常不看電視的夜華做各種說明。

我在旁邊聽著兩人吵吵嚷嚷的對話，發現這是我第一次看到這麼多話的夜華。

她沒有在班上那種難以靠近的冷默，以溫柔大姊姊的姿態對待我妹。沒有勉強的跡象，態度十分自然而不僵硬。

「夜華，要是聽映閒扯聽累了，無視她也沒關係的喔。」

「小映很會聊天，我很開心。」

「欸嘿嘿，被稱讚了。」小學四年級生滿臉得意。

「只是客套話也當真。」

我用她本人聽不見的音量嘀咕。

「希墨，你對小映有時候很冷淡耶？」

「兄妹就是這樣啦，夜華跟妳姊姊也不是隨時都相親相愛對吧？」

「因為我姊姊的脾氣反覆無常，只有心血來潮時才會理我。所以，我或許有點羨慕小映。」

「羨慕？」

「嗯，因為希墨不管怎麼樣也都一直會陪她不是嗎。即使有時候會使壞，你絕不會無視她。今天來你家玩，讓我理解了希墨為何擅長照顧別人。」

「因為我們差了七歲啊。要是沒看好她，不知道會做出什麼事來，爸媽也不是一整天都跟著她，因此我自然不得不照顧她啦。已經養成習慣了。」

「總之，希墨是個好哥哥喔。」

夜華感慨地稱讚我。

「謝謝。今天妳經常叫我希墨呢。」

「……這麼說來，是沒錯呢。」

沒有自覺喔。

「或許是因為我在這裡很放鬆吧，是多虧了小映嗎？」

不知不覺間專心看起電視的妹妹，沒把夜華的話聽進耳中。

「因為常常獨自度過夜晚，我覺得這種熱鬧的情況很新鮮。」

「我記得妳不是討厭熱鬧嗎？」

「這個我就喜歡。」

「吶，夜華，妳有空的時候隨時都可以來玩喔。」

「……真的嗎？」

「雖然沒辦法隆重的款待妳，不過映很親近妳，跟夜華在一起我也很開心，所以——」

話還沒說完，夜華握住了我的手。

我也默默地回握。

窗外到現在仍持續下著雨。

◇◇◇

小學生的就寢時間很早。

我的妹妹是即使到了四年級依舊與熬夜無緣的健康寶寶，在時鐘的時針指向九點時睡意來襲。

「映，睡前先去刷牙。要仔細刷乾淨喔。」

「好～」

妹妹用愛睏的聲音回答，我帶她前往盥洗室。

「夜華妳用這個吧。」我把備用的牙刷交給身旁的女朋友。

「謝謝。」

我們不知為何三人並排地刷著牙。

走回客房後，映飛撲向由三人份被窩並排而成的白色海洋中央。

「映睡中間！」

「別亂鬧，會掀起灰塵。」

「唔～來打枕頭仗嘛～」映顯得不滿。

「那種遊戲等妳去校外教學或修學旅行時再跟同學一起玩吧，高中生不奉陪了。」

我為她蓋上棉被，讓她安分下來。

「夜華睡裡面，我睡靠入口這邊就行了。如果碰到什麼問題就叫醒我，不用有顧慮。」

「我知道了。」

「好，那我熄燈嘍。」

我關掉客房的電燈。

我也迅速鑽進被窩，全身終於放鬆下來。

映和夜華馬上說起悄悄話。

我也沒不解風情到會去打擾身旁的女生悄悄話。

一躺進柔軟的被窩裡，我放下緊張感，感到睡意一口氣湧上。因為心中掙扎過度，我大概在精神上也很疲倦了。

值得慶幸。

有妹妹扮演防波堤，讓我在睡覺期間不必動不檢點的念頭。

我委身於安穩的心情中，轉眼間就睡著了。

小映與我聊天聊到睡著了。

另一邊的希墨好像也已經早早入睡。

只有我一個人醒著。

「感覺真是高潮迭起的一天。」

如果我打算回去，是可以回家的。不過，我選擇留下來過夜。

我自己也覺得這是個大膽的決定。

我明顯地跳過好幾個階段，正在男朋友家過夜。

自從與希墨交往後，我總是這樣的。現在的我會乾脆地達成自己一個人時絕對辦不到的事。雖然害怕，和希墨在一起，我就會湧現勇氣。

「我做的菜讓他們吃得很開心，太好了。」

這是我第一次為家人以外的人親手做菜，其實我非常緊張。所以看到希墨與小映吃得很香，讓我很高興。

彼此之間不會客氣，又有深深的愛意作連結的兄妹。
我覺得有那麼可靠的哥哥的小映深受上天眷顧。
「吃醋的人其實是我嗎？」
正以可愛的睡臉沉睡的這個妹妹，天天都可以向瀨名希墨撒嬌。
「真好～」
居然會憧憬男朋友的妹妹，我的症狀也很嚴重啊。
雖然覺得喜歡他，我對希墨的喜歡好像比我自覺的程度更深。
我是第一次對他人抱著這麼強烈的好感，這份感情該如何處理才好？
渴望他的心情與害羞、安心感與嫉妒摻雜在一塊，我一直處在不穩定的狀態。
——如果希墨消失了，我會怎麼樣呢？
「麻煩的女人。」
我發出自嘲，試著替自己的心情踩剎車。
然而，今天發生的事情在胸中浮現，讓我的心情不斷加速。
一直以來我都在避免跟他人之間有所聯繫。
以前對我來說，自身之外的存在通通是敵人，是可能造成壓力的異物，是煩人且麻煩的事物。
然而受到瀨名希墨這個男生告白，我怎麼樣也無法拒絕。

與希墨共度愈多作為情人的時光，我愈會在不經意間想到失去他時的情況。

我害怕撒嬌。

我不認為高中生的戀愛會持續一輩子。因為害怕傷得更深，我不願深陷其中。如果當他的愛冷卻時，我會怎麼樣呢？

在情人家中的欣喜與對於未來的不安，讓我遲遲無法入睡。

躺在小映另一邊的我的心上人已經睡著了。

「我睡不著，希墨。」

真狡猾。都不知道我的感受。

所以，這是不眠之夜的一時衝動。

我無聲無息地溜出自己的被窩。

我不發出腳步聲，悄悄地來到希墨睡覺的地方。

我蹲下來看著他的睡臉。他睡得很熟。

我悄悄地鑽進他的被窩，小心翼翼地碰觸他的手臂，依偎過去。

全身感覺到他的體溫與味道，讓我極為放心、極為幸福。

我盼望這段時光能持續到永遠，宛如融化在至福的心情中閉上雙眼。

◇◇◇

愈早睡覺，就會愈早醒來。

我感覺到身邊有種格外柔軟又溫暖的觸感。

我想移動右手，被一股舒適的彈力擋住了。

「是什麼……？」

我睡眼惺忪地看向右側。

夜華的睡臉近在眼前。

「——咦？為、什麼？」

我壓下叫聲，驚愕不已。

夜華應該睡在映的另一邊，為什麼會在我的旁邊。這是夢嗎？我這麼懷疑著，但耳邊的確傳來了睡眠中穩定的呼吸聲。

夜華緊貼在我身側，睡得很香。

如果亂動吵醒她，那就糟糕了。我謹慎地只轉頭看向妹妹那邊。

因為睡相很差，映在不知不覺間占領了夜華的被窩。

夜華是深夜起來上廁所，結果睡迷糊了鑽進我的被窩嗎？

我不覺得是她是基於自己的意志躺進來的。

「還一臉幸福的表情。」

我想盡可能長久地感受這段最棒的時光。夜華微微與我相觸的肌膚很溫暖。她用的是家中的洗髮精，味道卻不可思議地好聞。

這時，夜華就像把我當成抱枕一樣，全身纏了上來。

她纖細的手臂放在我胸口，柔軟的雙腿牢牢地貼著我的下半身。

如果我現在試圖掙脫，她一定會醒過來吧。話雖如此，這個狀況對男高中生來說是很大的刺激。只要視線往下看，從敞開的衣領就可以清楚看見她胸部的深溝。

哇～明明被奪走身體的自由，感覺卻如此幸福，這種情況還有別的地方會發生嗎？我不禁幾乎要開悟了。

雨在夜間完全停了，透過紙拉門射來的光讓我察覺，現在還是清晨。

我的膽子沒有大到能睡回籠覺的程度。

被美女陪著睡覺的夢幻狀況。興奮與緊張令我早已從半睡半醒的昏昏沉沉中醒來。

「嗯～」

睡在另一側的妹妹翻身，來到我旁邊。

等等。就算睡相差，翻身越過了兩個被窩是差成怎樣啊，My sister。而且映還宛如無尾熊般摟住了我的手臂。

我完全陷入困境。

被情人與妹妹夾在中間的我，已經不可能逃脫了。

在忍耐時間經過大約三小時之際，夜華醒來了一瞬間。

我已經脫力地進入認命的境界決定順其自然，她睡眼惺忪地注視著我的臉龐。

「啊啊～希墨在耶～哈啊～」

彷彿還在夢中的她發出不成語句的聲音，更用力地抱緊了我。

真是位很難起床的小姐呢！

睡迷糊的夜華竟然環住我的脖子，毫不留情地將胸部擠壓向我。柔軟過頭的觸感直接磨蹭著我。

身體明明纖瘦，為什麼這麼柔軟。

好近，太近了！還要再靠近嗎？妳也太缺乏防備了，有坂夜華！

「我到極限了！不行了！」

良心的苛責與興奮達到極限，我受不了地衝出被窩。

我直接從客房滾到走廊上，衝進客廳。

希墨的緊急逃脫讓我清醒過來。

我發呆了一會。當我從小映的位置察覺，自己的所在位置與原本睡覺的地方不同時——

我想起自己昨晚的行動。

「呀、呀嗚啊啊啊啊——？」

讓臉上幾乎著火的猛烈羞恥感，令我不禁鑽進被子底下。

然後，我從被窩裡感受到他的溫暖與味道，又為了那無從描述的感覺苦惱了一會兒。

◇◇◇

「早安，夜華。」

「早安，希墨。」

我們彷彿什麼也沒發生過般在客廳碰面，一起吃了早餐。

餐桌上只有映在不斷說話，我和夜華只是出聲附和。

在我把換上烘乾制服的夜華送到車站的途中，我們也沒怎麼交談。

不過，兩人一起走在雨後早晨的新鮮空氣中，是一段非常滿足的時光。

我想夜華一定也有同感。

幕間三

我第一次去他家玩了。

也見了他的妹妹小映。

明明才小學三年級的她，卻長得很高，讓我嚇了一跳，不過內在還是小孩子，讓我感到安心。

我看得出來，她藉著裝作任性來向哥哥撒嬌。

他們長得完全不像。

小映五官輪廓鮮明，以後一定會變得更加美麗。

每天照顧那麼可愛的妹妹，我可以理解他為何不怕女同學了。

他應該是以小映作為基準，所以在他眼中美女的標準大概非常高。

能夠使他著迷的女生，應該非常漂亮吧。

因為眼中只有美女，你才一直交不到女朋友喔。

我像這樣把沒有勇氣告白歸咎於他，同時有些放心。

會注意到瀨名希墨優點的人頂多只有我。

除了我以外，不可能有人口味這麼特殊了。

我本來這樣認為。

『小宮，我有個一直喜歡的人。妳覺得我怎麼做比較好？』

在我不知道之處，他的戀情早已展開。

我一直沒把心意說出口，在櫻花綻放的時候，他終於告白了。

——但願告白失敗。

胸中懷抱著這種差勁透頂的祈禱，我祕密地從樓上偷偷看著。

那名被告白的女生從櫻花樹下跑走，他一個人茫然地呆立不動。

因為他突然仰望校舍，我霎時間躲到窗戶下。

心臟怦怦直跳。

並不是險些被發現。

我還有機會。至少，在我眼中看來是這樣——

第十一話　那段戀情太過顯眼

夜華在我家過夜的週末結束後的星期一。

在前往學校的路上，我感覺到周遭投來異樣的視線。我總覺得有很多人在看我。我轉身望去，有一個大概也是高二的學生迅速別開目光。這樣的事出現了好幾次。

「怎麼回事？」

當我換上室內鞋，正要走向自己的教室時——

「吶，你就是二年級的瀨名同學？」

兩名不認識的三年級女生來找我攀談。

「是啊，怎麼了？」

我帶著戒心回答。

那兩名女生臉上迸出好奇的光芒互望一眼，其中一人直接地發問。

「——你和有坂同學正在交往的消息，是真的嗎？」

「為什麼會問這種問題呢？」

我馬上假扮善良的低年級生，用開朗的語氣彷彿非常意外地反問。

我的演技似乎奏效了，她們很明顯地表現出失望。
「有傳聞說在星期六早上看見你送有坂同學去車站。她真的早上才回家嗎？」
「有坂同學？妳是說我們班的有坂夜華同學嗎？」
我做出完全事不關己的反應，就像在說傳聞有誤一樣，面露驚訝之色。
「咦，是不同人？」
「學姊們是直接看到的嗎？」
「不是……」
原來如此。我們在車站分別時似乎被什麼人看到了，消息好像持續擴散到今天早上。這是社群網路時代的可怕之處。
「那個傳聞有什麼證據嗎？」
「不知道。因為沒有照片，只是這個消息轉到我們這邊來而已。」
沒有被偷拍照片，讓我暫時放心了。
「那麼，有那兩個人是我跟有坂同學的確實證據嗎？而且，妳們當真認為我與有坂同學正在交往嗎？」
我以自虐這個絕招否認傳聞。
兩名三年級女生再度互望一眼，以眼神示意「有道理～」。看來她們自顧自地接受了，不可能有差距這麼大的情侶這一點。

「話說，那個人真的是有坂同學嗎？會不會是看到碰巧長得像的女生認錯人了？」

「啊哈哈，或許是呢。」「對不起，問了奇怪的事情。」

兩名三年級女生快步自我身旁離開了。

我不再扮演被陌生的高年級生攀談，感到困惑的低年級生。剛剛還用了裝乖的語氣呢。

我思索著這次的事態。

雖然設法騙過並非目擊者的她們，但我不可能向所有知道傳聞的學生一一解釋。

傳聞指明了時間和地點，而且不只夜華，甚至還有我，看樣子的確有人在場目擊到了。

隔牆有耳這句話說得真好。

大家都對他人的戀愛充滿興趣。雖然沒有作為證據的照片，因此不是確定消息而只是傳聞等級，但流傳的範圍應該相當大了。

畢竟，這可是那個有坂夜華的第一個八卦。

「夜華還好嗎？」

我最擔心的，不管怎樣都是夜華。

像我這種不起眼的類型，在校內的知名度也很低，所以可以蒙混過去。然而，要認錯像夜華這樣的超級大美人反倒才困難。

她的美麗和一般的美人可是不同層級的。

聽說傳聞的人數愈多，愈會省略細節，追加臆測。那就是傳聞加油添醋的機制。沒有根據的胡說八道，將如同事實般毫不在乎地從一張嘴傳到另一張嘴。

不久之後，內容就會刪去像我這種不起眼的存在，只剩下夜華和男人過夜，早上才回家這一點不脛而走吧。

「可惡，我太大意了。」

我走上樓梯，小聲地咒罵。

那一天的我的確不正常。

那也是當然的啊。我沒有成熟到和喜歡的女孩共度一夜後，還能保持平常心的程度。

夜華一開始拒絕我送她。

但我捨不得分離，用「早上散步可以幫助消化」當理由，和她一起走到車站。

有坂夜華早上才回家是事實。其中當然沒發生過任何人們揣測的事情。但無論真相是什麼，只要有足以使人聯想的材料就夠了。

「……這是我的錯。」

我一走進教室，就感覺到來自各處的刺探目光。

夜華還沒來學校。

我在自己的位子上坐下來，在桌子下傳Line給夜華。

希墨：夜華，對不起，這是我的疏失。好像有人在星期六早上看見我送妳去車站了。周遭的人或許會盯著妳看，請跟平常一樣無視他們吧。只是一時的傳聞。別擔心。如果遇到問題，

不管是任何事都告訴我吧。

我打出了看似在鼓勵夜華，實則像是我自己在祈禱的內容。

傳送訊息後，我發現自己甚至忘了換行。

我環顧教室一圈。

我突然覺得同學們熟悉的臉孔變得很可怕。

「真的是瀨名同學嗎？」「是認錯人了對吧？」「他們不配吧？」「落差情侶檔。」「不過在球賽時，有坂同學曾替他加油啊。」「我看是巧合吧？」「話說～那兩個人為什麼會交往來著？」「如果是有坂同學，明明要選多帥的人都行的，真可惜。」多管閒事。

大家的說話聲聽起來不可思議地響亮。

在他們眼中，那只是閒聊。談論這些並未抱著多大的惡意。可是身為當事人的我卻感到不快。

——這就是夜華平常感受到的日常。

總是受到他人注目的人生，是多麼令人窒息。

特別對於像夜華這樣不希望被人關注的人來說，這正是活生生的地獄。

一段時間後，另一名當事人也在教室現身。

那場開心的住宿簡直簡直像謊言一般，在那裡的是個失去表情的美人。

全校第一的美少女彷彿穿上一層不准任何人靠近的帶刺毛皮。她散發出的不悅毫不留情地壓制著周遭。

她甚至沒與我眼神交流。

簡直就像毫不介意，簡直就像與我毫無關係。

接著神崎老師站上講台，晨間導師時間開始了。

◇◇◇

我找不到對夜華說話的契機，只有時間不斷經過。

我想不出具體的方法來平息夜華早上才回家的傳聞。直到時間解決問題為止，需要等待多久才好？我沒有什麼影響力，沒辦法只用一句話就改變周遭眾人的認知。

瀨名希墨是沒什麼值得一提的長處與特徵的平凡男生。

不是有力量能夠一次就決定性地改變事物的人。

自身的無力真是可恨。我想成為與夜華更加相配的男人。我想要足以保護她免於這種無聊傳聞傷害的強大。

今天夜華也在一進入午休後就立刻離開了教室。

她從一開始就想要隱瞞這段戀情。

我也準備前往美術準備室，但過去之後要怎麼做才好？道歉？商量？傷心？安慰？

就算分享情緒，傳聞也不會消失。不管事實是如何，在受到大家注目的時間點，對有坂夜華而言，就已經落入不情願又不快的狀況中。

「吶，希墨同學。可以借用一點時間嗎？」

朝姬同學對我開口。

「什麼事？」

「那個傳聞是真的嗎？」

「什麼傳聞？」

「好具體的傳聞啊。」

「別裝傻了。就是你在星期六早上送有坂同學去車站前的那件事。你們正在交往嗎？」

「是同屬茶道社的同學這麼說的。所以，怎麼樣？」

「妳問我怎麼樣……等等，朝姬同學。妳是什麼時候聽到那個傳聞的？」

「什麼時候？星期六啊。」

「週末學校放假啊。」

「因為茶道社有活動。」

「——」

當我和朝姬同學交談著，七村突然搭住我的肩膀。
「支倉～不好意思，我要借用瀨名。」
「墨墨，我們和七七一起去吃飯吧。」小宮也走了過來。
「你沒有權利拒絕喔。」「出發～」
兩人不顧我的意志，把我強行帶走。

◇◇◇

七村和小宮讓我坐在空教室的桌子上逼問道。感覺有一點偵訊的風格。
「我就直接問了，那個傳聞是怎麼樣啊？」「是怎麼樣呢～？」
「我要保持緘默。」
「事到如今才沉默也沒用了喔。」
個子高達一百九十公分的七村，和夜華在不同的意義上十分顯眼。他過著無論置身於多大的人群中也總是高出一個頭的生活。正因為如此，他的發言帶著真實感。
「因為夜夜像藝人一樣，不管怎樣都很顯眼呢。」真假不是問題，重點只在於這是不是能刺激好奇心的話題。
「……對啊。」

小宮提出客觀的意見，讓我氣餒地說。

然後，我對兩人表明我和夜華正在交往的事。

「那──你們做過了嗎？」

七村露出下流的笑容問我。

「就是因為有像你這種粗俗的傢伙，才會造成現在這樣的狀況吧！」

「沒辦法啦。大家都很愛聊別人的性事啊。」

七村能夠泰然自若地認真講出性事這個字眼，讓我感受到與他之間壓倒性的吃香能力差距。

「沒做啦！因為星期五下了大雨，我們去我家避雨，結果我妹妹很中意夜華，直接要她留下來過夜！只是這樣！」

「因為小映很可愛嘛。如果她開口央求，或許會難以拒絕。」

小宮和映見過一次面。

「咦！瀨名的妹妹很可愛？下次介紹給我認識！」

「你要是對我妹出手，我就宰了你！」

我認真地發飆。

「……妹控。」「可愛就是正義呦。」

閒話休題。

我向兩人說明到目前為止的經過。

「墨墨和夜夜在升上二年級後開始交往。而在夜夜留下過夜的隔天早上，你們被人撞見了。」

「先不提有坂，既然散播傳聞的犯人連大眾臉的瀨名都知道，那就縮小不少範圍了。」

「找出犯人並不重要！總之，我不希望夜華難過。」

我想要的只是事態的結束。

「就這樣算了嗎？我起碼可以幫你找出那個人，教訓他一頓喔。」

「我知道墨墨的意向了，不過夜夜是說她想怎麼做呢？」

籃球社的主將碰了碰拳頭。你為我著想值得感謝，但別動用暴力啊。

「我傳的LINE有已讀標記，但她沒有回應。還有和你們知道的一樣，她散發出別找我說話的氛圍，我沒辦法和她交談。」

「那麼，由我去找夜夜談談吧。」

小宮一派當然地提議。

「這是個好點子。即使是瀨名，如果在目前的狀況下隨便與有坂見面，會增加傳聞的可信度。」

「可是……」

我不知道順勢讓七村與小宮涉及我們的戀情是不是正確作法。

在我猶豫的時候，口袋傳來手機的震動。

夜華：我不能因為我的錯造成瀨名的困擾。對不起，我們分手吧。

她明明終於願意直呼我的名字了，現在又退回用姓氏稱呼。

「瀨名？」「墨墨，你的臉色好難看。」

我一瞬間屏住呼吸，垂下頭去。這麼一則訊息，就把我的心推進地獄深淵。情緒無法好好運作，我幾乎被無法言喻的不快感吞沒——

「——別擅自下結論啊～！」

我朝天花板大吼。

獨自在那鑽牛角尖，也不管我是怎麼想的就亂衝。雖然不知道她在想些什麼、有什麼感覺，但反應也太極端了吧！

「原來墨墨也會生氣呀。」小宮雙眼圓睜。

「別突然大喊大叫啊？」

「你們看看這個！」

我情緒激動地把手機畫面拿給兩人看。

「……有坂外表看起來是那樣，感覺心靈卻很脆弱啊。」

「夜夜沒有能夠商量的朋友，所以才會鑽牛角尖。」

漸漸理解有坂夜華原本面貌的兩人，得出了與我相同的意見。

「那麼，墨墨要接受這個嗎？」
「我怎麼可能接受！我要直接去找她談！」
如果夜華當真希望分手，我最終只能接受吧。
不過，這個不同。
這一點就連我也明白。
「七七，攔住墨墨！」
「了解！」肌肉結實的手臂從後面架住了我。
「放開我，七村！為什麼要攔著我？」
「你這麼情緒化去面對夜夜，對她會造成反效果。」
小宮注視著我的眼眸。
「墨墨，你有直到最後都不半途而廢的覺悟嗎？我覺得和夜夜交往是很辛苦的喔。」
「那還用說。我從一開始就是在知道這些的前提下告白的。」
「那麼，事情交給我吧。啊，不要回LINE喔。」
「可以嗎？拜託小宮這種事情……」
「我們現在也是朋友吧。那就相信我，希墨同學。」
小宮十分篤定地這麼說。

◇◇◇

午休時間，在把分手訊息傳給希墨後，我變得連一步也動彈不得。

我在美術準備室裡失神發呆。

我實在提不起勁回教室，但又懶得早退，時間不知不覺間就到了放學後。

希墨到現在都沒有回應。

因為訊息有已讀標記，他應該看過了。

其實我有點期待他會過來這裡見我。然而，不管經過多久，希墨都沒有現身。這也難怪。我單方面地提出了分手，他會生氣是當然的。

這樣自私任性的女人，遭到厭棄也是沒辦法的事。

我理智上理解自己反應過度了。

可是，心情上卻難以忍受。

照這樣下去，我一定會忍不住對希墨發脾氣。他很溫柔，應該會承擔下來。可是，我不願傷害心上人。我害怕這種事情累積到最後，會惹希墨厭惡。

既然如此，我要在遭到他厭惡前親手結束這段感情。我這麼心想，一時情緒失控地傳送了訊息。

「為什麼，大家都要阻礙我……！」

我明明只是想跟心上人共度愉快的時光，為什麼不能別管我就好？

「……我得去拿書包。」

這個時間教室裡應該沒有人了。

我到現在還是腳步沉重，提不起勁邁步。

此時，美術準備室門口響起咚咚的敲門聲。

我渾身一僵，注視著門。

「夜夜～是我喔。是日向花喔～～」

拉長的可愛嗓音呼喚道。

宮內日向花。

與希墨很熟的嬌小女生。在班際球賽時，她受希墨所託一直陪在我身邊。當有人找我說話時，她會形成一道障壁應對對方，老實說幫了很大的忙。雖然打扮古怪，她是個帶著柔軟氛圍的不可思議女孩。她比其他人容易交談，我難得地一次就記住了她的名字。

「我進來嘍。」

她探出頭，在發現我之後微微一笑。

「太好了，妳還在學校。」

「為什麼宮內同學會……？」

「我想和夜夜聊一點私話，拜託墨墨告訴我妳在哪裡了。抱歉。」

「……是嗎。」

「別那麼露骨地沮喪起來嘛～妳就那麼想要墨墨過來嗎？」

「不是的！」

「超明顯的喔～」

宮內同學態度輕鬆地在我的旁邊坐下來。

「——但是不可以，我不能讓會傷害墨墨的人和他見面。」

她的聲調判若兩人般地倏然變低。

「那是什麼、意思……？」

「我通通知情喔，夜夜妳單方面地發訊息說要分手對吧。提出的人明明是妳，為什麼是妳受傷呢？」

「這與妳無關吧！」

我不禁反射性地大喊。

「看到朋友夜夜遇到危機，我會擔心是當然的吧。」

「……朋友？宮內同學，是我的朋友？」

「那是當然嘍，我是夜夜的夥伴。妳是不願意墨墨因為奇怪的傳聞被嚼舌根對吧？」

宮內同學說中了。

關於我自己，被人說三道四是稀鬆平常。

但是瀨名希墨——我最喜歡的人被無情的言語譏諷，讓我憤怒不已。

明明喜歡，卻好難受。弱小的我一下子就無法承受這種矛盾了。

「———」

我原本以為，被人準確地指出自己的真實想法會更加可怕。

但聽到宮內同學這麼說，我心中不禁鬆了口氣。被人說中想法，在某種意義上也是受到他人正確地理解的證據。

我第一次有這種經驗，原本緊繃的心突然放鬆下來。眼中自然地浮現淚水。

「宮內同學，我……」

「——不過，我更是墨墨的夥伴。」

她的聲音明明溫柔，卻非常可怕。

「我也明白夜夜的心情，但那是妳一個人的情況吧。妳可曾想過這讓墨墨傷得多深？」

她的表情明明在笑，我卻清楚地察覺她對我帶著明確的敵意。

「妳認為因為自己是接受告白的一方，是受到喜歡的一方，所以可以任性地耍著他玩嗎？那不是在撒嬌嗎？」

宮內同學瞇起眼眸，壞心眼地揚起嘴角。

「妳、妳有什麼理由對我說得這麼過分啊？」

「因為我向瀨名希墨告白過，被他甩了。」

「……咦？」

「今年春假時，我向他告白了。他告訴我他正在等待意中人的答覆，沒辦法與我交往，拒絕了我。」

「不會吧，因為你們看起來一點也沒有那種跡象……」

我不明白。希墨和這個女孩看起來只像是普通朋友。

「是我提出請求，說希望我們繼續當朋友。」

「你們回到了原本的關係？」

說來可恥，我從他們兩人的關係中找到了希望。說不定我也可以和希墨重新回到去年的狀態。

「妳以為我是因為誰的關係才會被甩啊～！」

宮內同學長長的衣袖拍打我的右臉頰。

有生以來第一次被打了臉頰，我的大腦完全當機。

「當然回不去啊。只是因為墨墨性格溫柔，看起來很正常而已。」

「那種狀態不是太痛苦了嗎！無法與喜歡的人交往，卻要一起相處！」

「準備主動拋棄那份幸福的笨女人，有資格說這種話嗎！」

袖子朝我的左臉頰甩過來，被我在打中前一把抓住。

「吶，夜夜。墨墨可曾哪怕有一次說過，他覺得和妳交往很辛苦？」

「——沒有。」

「現在為了自己的情況而拋棄了墨墨，代表夜夜是把他當成妳至今拒絕的告白者一樣對待。妳喜歡的男生，是這麼無足輕重的人嗎？」

我搖搖頭。

膽小的我，總是優先考慮怎麼保護自己。不過，就連這樣的我，也已經受到某個人的保護與支持了。

「喜歡必須要用喜歡來回應。別擔心，墨墨一定會設法解決的。」

我站起身。

「對不起，宮內同學。不過，謝謝妳。」

「我說過了吧。我是夜夜的夥伴，也是墨墨的夥伴喔。」

「吶，即使我是這個樣子，妳也願意當我的朋友嗎？」

我自然地張口說出這樣的話，令我很吃驚。但是，我想跟宮內日向花成為朋友。

「因為我們已經是朋友了，我才會跟妳說認真的啊——墨墨在教室等著妳。加油～」

人生中第一個的女性朋友，是前情敵。

我們兩人的立場，或許可能會是相反的。

但希墨選擇的人——是我。

「我走了。」

既然喜歡，就不該主動放手。

為了再次與他相見，我衝出美術準備室。

我在沉浸於暮色中的走廊上全力奔跑。

遠處傳來管樂社的演奏聲，操場上響起棒球社的打擊聲。不過，最吵的是我自己急促的心跳聲。

我險些在走廊轉角撞到人。

真礙事！其他人都消失吧！連名字也不知道的所有人都給我消失！

只要有希墨在，我的世界就圓滿了。

這樣就足夠了。

為什麼我非得顧慮旁人不可？你們對他人太過感興趣了。別管我！

我喜歡瀨名希墨。

光是我喜歡的人喜歡著我，我就能變得堅強。

我就這樣一口氣衝過校舍，抵達二年A班的教室。

「希——」

在那裡等著我的，是我最喜歡的人。還有——

「吶，希墨同學。要不要跟我交往？」

朝他伸出手的支倉朝姬的身影。

即將踏入教室的那一步，我在最後驟然煞住了。

第十二話　我最想要的東西

小宮說「事情就交給我吧」，叫我留在教室等候。

「沒事的。宮內都說她會想辦法了，就相信她吧。」

去參加社團活動前，七村也這麼向我開口。我的表情應該是顯得特別不安吧。

「不，我並不擔心小宮那邊。不是這樣子。」

我全面信任宮內日向花這個女生。她就是那麼特別的人。

如果有坂夜華不在永聖高級中學，我或許會度過不同的高中生活。

「還有什麼別的事情嗎？」

「──有件事讓我有點在意。」

我走向教師辦公室。

我在教師辦公室內的學生面談室裡，與神崎老師面對面。

「瀨名同學。你有什麼事要跟我談？」

依然無法判讀表情的和風美人，若無其事地應對道。

「還裝傻。就是有坂的事。」

「那個早上才回家的傳聞嗎？」

「老師當然知道對吧。」

「因為傳聞自然地傳入了我耳中。」

「——老師是何時得知的？」

神崎老師沒有立刻回答我的問題。

「這個很重要嗎？」

「要說重要也很重要，因為會釐清這次傳聞流傳開來的經過。」

「真是奇怪的說法。不是目擊者是誰，而是流傳開來的經過嗎？」

神崎老師好像半是看穿了我的意圖。

「茶道社在星期六有活動對吧。在前往學校途中，某個茶道社社員目擊了有坂的身影。因為這可是校內知名美人有坂夜華的八卦，年輕的少女們應該全都很感興趣。我想消息一瞬間就在社團內傳開了吧？」

「首先我有個疑問。即使真的有人星期六早上在車站前看到有坂同學，就能斷定她是早上才回家嗎？那是過火的想像。」

神崎老師從教師的立場陳述了客觀的意見。

「可以的話，我也想同意這一點，但是沒辦法。」

「為什麼？應該沒有照片才對。」

「因為傳聞是事實。我和有坂夜華正在交往。那一天，她在我家過夜了。」

「……作為教師，我不能不追究你剛剛的發言。」

她不禁臉色一變。

「當然，我是特地自白的，我們沒有發生任何老師會擔心的事。她只是因為下著豪雨，沒辦法回自己家而已。然後隔天早晨，穿著便服的我將她送到車站。唉，不管事實如何，雖然只不過是間接證據，也足夠令人誤會了。在他人眼中，什麼真相要捏造多少個都可以。」

我理直氣壯地堂堂說道。

大概是對我的態度感到疑惑，神崎老師直盯著我。

「瀨名同學到底想說什麼呢？」

「為什麼神崎老師妳默許傳聞散播呢？」

我的聲音自然地流露敵意。這是我對於神崎老師的信賴的翻轉。

——老師為何沒有阻止呢？

「這次的傳聞散播的方式太快了。」

我這麼斷定。

「只要老師告誡她們，茶道社的女生們應該會老實聽話的。我們學校的茶道社建立在對老師的信賴與尊敬上，以大到不像文藝社團的熱門度與規模著稱。這次的事情明顯不符合茶道社的風格。如果老師有多加提醒過她們，這個傳聞應該會緩緩地傳開才對。然而，在短短兩天內，全校都知道了有坂早上才回家的消息。」

人嘴封不住。

遲早會變成有許多人知道的情況。

就算如此，若不是集結了學校中心人物的茶道社成為了傳聞的傳播來源，也不可能這麼快就傳遍全校。

「瀨名同學似乎過度高估我了呢。」

也許是我的推理直擊要害，神崎先生嘴角浮現含蓄的笑容。

「——當然，我嚴厲地告誡過茶道社的成員們，談論這種不檢點的傳聞是很粗俗的。即使如此，也不是所有人都會遵守。在我聽到傳聞時，不特定多數的學生似乎都已經知情了。無論如何，結果就是現在的情況。」

神崎老師看來很懊悔地回答。

「是我作為老師不夠成熟。要是我更有能力，或許就能保護好有坂同學……」

這個人認真地為學生著想。因此，我沒辦法討厭神崎老師。

去年，當我被迫從籃球社退社時，她也直到最後都在為我向各方交涉。

在我的退社處分無法更改之際，老師認真地對我道歉了。

圓滿地解決一切，對於成人來說也很困難。

就算神崎老師很優秀，也是才二十幾歲的年輕女性，很難完美地控制放肆脫軌的高中生們。

說不定茶道社的社員們其實全都遵守了老師的話。然而，如果她們先告訴過其他學生，傳聞就會擅自擴散。傳播者們沒想像過這會造成某些人的痛苦，只不過是無自覺地當成聊天的話題來談論。

「對不起，我也講得太過火了一點。」

「作為男朋友，擔心女朋友不是當然的嗎？呵呵呵，或許正因為瀨名同學是這樣的人，才會擄獲有坂同學的芳心。」

「我們的愛情邱比特可是老師妳喔。」

「雖然我先前想著，瀨名同學可以成為有坂同學很好的聊天對象——沒想到你們居然成了情侶，真是出乎意料。有坂同學的姊姊也很吃驚喔。」

「……為什麼會提到有坂同學的姊姊？」

意外人物的登場讓我非常緊張。

「有坂同學的姊姊是這所學校的畢業生，而且也是我第一次帶的班級的學生，我們在她畢業後也有往來，『我妹妹要入學了，請老師幫助她。』有坂同學的姊姊有一次這麼請託過我。」

「所以，妳才會讓有坂使用美術準備室等等吧。」

「這次的事情傳進我耳中後，我立刻聯絡了有坂同學的姊姊。她平常學業忙碌，但在那個下大雨的星期五難得待在家裡，因此我也掌握了有坂同學外宿的事。」

決定要在我家過夜後，夜華的確沒有聯絡親人。

「這讓妳確認了她早上才回家的事實啊。」

神崎老師比任何人都更早得知傳聞是事實，難怪沒辦法輕易採取行動。

「……起初，我只是希望有坂同學能夠與你交流，並以此作為契機一點一點地擴展人際關係。」

「老師指派了重責大任給我呢。還說得很簡單，要我扮演什麼橋梁角色。」

「除了瀨名同學，我想像不出還有誰能與有坂同學相處得來的。」

「不過老師。不要緊的。我喜歡有坂喜歡到無可救藥。不管周遭的人怎麼說，我都無意分手。」

我在教師面前堂堂地宣言。

在每年為學生送行的人眼中看來，這應該是非常幼稚的發言吧。不過，對我來說當下就是一切，不在這裡全力以赴，我將後悔一輩子。只有這件事，我心知肚明。

「要炫耀女朋友請到別處去炫耀。」

神崎老師笑了。

「老師。雖然很突然，今年我答應擔任班長時說好的，在我遇到危機時妳會出手相助的那個報酬，我想現在用掉。請幫我巧妙地收拾局面吧。有坂就由我來保護。」

「……這一次，我會妥善處理。」

◇◇◇

我回到二年A班的教室。不見夜華的身影。

我茫然地在窗邊眺望著操場，思考接下來的事情。

要如何平息傳聞這種無實體的現象呢？

還有夜華單方面拋出的分手要求。我信任小宮的調解，但最後我與夜華如果未能順利和好，那就沒有意義可言。

儘管剛剛自以為是地對神崎老師發出宣言，我卻一點也想不出突破現狀的妙計。愈是思考，我的心情就愈沮喪。

小宮和七村都很關心我。神崎老師也展開行動，好讓事情以最佳的形式落幕。

不過，當我一個人的時候，逞強也到了極限。

再重看夜華傳來的Line。只是這樣，我就感到一陣心痛。我要被最愛的情人甩了嗎？像這樣獨處時，要逞強也很困難。

對夜華感情愈強烈，心中的痛楚也隨之劇烈起來。

「我們很難再回到朋友關係吧……」

這是段太過短暫的春天。

不到一個月的情人期間。

在櫻花樹下抱著失敗覺悟的告白。實際成為情人後，碰觸到她的溫暖，留下了難以忘懷的特別回憶。正因為每一個回憶都是認真的，才會化為刺在心中的疼痛。

——告白與痛楚總是表裡一體。

被甩掉當然很痛苦。

不過，即使順利交往了，大多數的戀情遲早也會迎來離別的痛楚。

在告白時，我只能想像直到交往前的事情，沒有餘力想得更遠。

我的年齡＝沒有女朋友的年資，對我來說，這是我的第一個情人，所以這也是第一次的失戀。

我總覺得胸口開了一個一輩子也無法填補的通風口。

「男女之間存在友情，果然是天大的謊言。」

我額頭貼著窗戶玻璃，不合個性地說出多愁善感的台詞。

遠處傳來管樂社的演奏聲，操場上響起棒球社的打擊聲。

「咦，希墨同學？你還在啊。」

反而是支倉朝姬出現在教室。

「朝姬同學，原來妳還沒回家啊。」

「我回來拿忘記的東西。我直到剛才為止都在別班聊天，有坂同學的事情成了熱門話題呢。」

「是喔。」

我只發得出失魂落魄的聲音。

「……我之前說過，如果你有煩惱，我會幫助你的。你沒事吧？」

朝姬同學走了過來。

「啊啊，嗯。我沒事。」

「不要勉強。感覺你好像累壞了。」

「是嗎。」

「因為我知道，希墨同學是個體貼又溫柔的人。」

朝姬同學露出一口白牙，帶著笑容鼓勵我。

「……就算突然稱讚我，我也沒有什麼可以給妳的喔。」

我臉上也跟著浮現乾笑。

「沒關係。因為對我來說，希墨同學就是獎品。」

「──這是什麼意思？」

「吶，希墨同學。要不要跟我交往？」

朝姬同學的手如偷襲般碰觸我的手。

「……妳說什麼？」

「我在問你，要不要和我成為情人呢？」

就像要讓我無法逃脫一般，朝姬同學清楚地重述一遍。

她的口吻像在撒嬌，眼神卻很認真。

「妳一定會有其他更相配的人。像我這樣——」

「你自己還不是跟等級比你高的女生很親近？」

她斷然蓋過我的話頭。

這肯定是開玩笑的告白。然而，朝姬同學堅持不讓我轉移話題。

看樣子是沒辦法含糊其詞隨便擺脫了。

「——因為，妳並不喜歡我吧。」我神情認真地斷言。

同樣作為班長，這麼說很可能導致我們關係惡化，我本來無意明確地說出口。儘管如此，我對夜華的愛沒有輕到會被朝姬同學的告白擺布的程度。

「真過分～原來你是這樣看待我的。」

「如果妳是打算跟有坂作對，這麼做沒有意義喔。」

「……為什麼？」

「因為我在午休時被甩了。」

我的腦袋沒在好好運轉，不禁坦率地說了出來。

反正朝姬同學一定出於對夜華的對抗意識，才會製造這種鬧劇。

只要明白我沒有利用價值後，她一定會對我拋來抱怨或冷言冷語。這麼一來就結束了。

今天真是倒霉透頂。我做好覺悟，等著她的下一句話。

「那不是更方便了嗎。我們就正常地交往吧。」

「……——為什麼會是那樣啊！」

我大吃一驚，不由得放聲大喊。

「不不，依照剛剛的對話走向，妳不是會失去興趣，痛罵我並離開教室，或是機智地打趣然後離去嗎？怎麼會再強調告白？妳瘋了嗎？」

「所以我不是說，你沒有察覺我的心情，讓我很受打擊嗎？我是真的喜歡你。因為和你在一起很輕鬆，也很愉快。你不覺得這樣棒極了嗎？」

喔唔，她以非常正經的理由對我告白了。

這個模式完全出乎意料。

「還是說，你討厭我？」

「我覺得作為班長，妳是個好搭檔。」

「那作為情人也會處得來吧。嗯，沒問題呢。」

「戀、戀愛的優先順位怎麼了？我記得妳說過戀愛的順位很低吧？」

「足以讓我在意到改變優先順位的男生，就是希墨同學喔。」

好直接！她也太果斷了。

「呃，朝姬同學是這種形象嗎？妳不是會更巧妙地保持距離感，那個……」

「談戀愛時還客氣怎麼行？面對喜歡的人時可以表現出真實面貌，不是很輕鬆嗎。當然，我也想贏過有坂同學，但除此之外，我想和希墨同學變得更親近。」

「真青春～」

「不要事不關己地佩服，告訴我答覆。說ＹＥＳ或好。」

「實際上只有一個選擇嘛！」

「你被甩了吧，我會安慰你的。」

朝姬同學展開雙臂，做好接受擁抱的充分準備。

「不不不！」

「真頑固～我的胸部雖然不如有坂同學那麼大，但身材比平均水準來得高喔。」

「不是胸部的問題！這什麼方便的情節發展，是演戀愛喜劇嗎？」

「在戀情破滅的時間點展開追求，不是最具效果了嗎？」

「就算妳這麼大而化之地說……」

「如果由戰略角度經營現實中的戀愛，時機也會變得像戀愛喜劇一樣湊巧喔。」

「就算這樣……」

「這是母性本能嗎？因為希墨同學現在非常受傷吧？」

「────」

被她說中，讓我不禁無言。

因為，就是這樣吧。這場戀情，從一開始我與夜華就相差太遠了。

不管我多喜歡她，她會乾脆地用一則訊息提分手。她一定是衝動地傳出訊息吧。這點事我還想像得到。

──即使如此，正因為是認真的戀愛，看到最喜歡的人告訴我「我們分手吧」，讓我很痛苦。

就算理智上可以理解，心卻無法接受。

我才不想跟夜華分手。

我想和她共度更多開心的時光。

想深入認識她。

想一直陪在她身邊。

「朝姬同學，我——」

「你們、在做什麼？」

我在還沒說完時轉過身。夜華就在那裡。

「……夜、華？」

她在最糟糕的時機出現了。我不知道該如何對待她，感到不知所措。

但夜華無視了我，站到朝姬同學面前。

「妳喜歡希墨嗎？」

「那又怎樣？妳主動甩了希墨同學吧？這跟有坂同學妳已經無關了對吧？」

身為溝通高手的朝姬同學一點也沒退縮。

這是強大到夜華難以較量的對手。

「——我沒有聽到。」

「妳說什麼？」

「我沒有收到希墨同意分手的答覆！所以我們還是情人！沒有分手！」

夜華提出宛如特技表演般的刁鑽主張。

「但希墨同學自己說他被甩了耶。」朝姬同學目瞪口呆，浮現苦笑。
「我沒得到希墨的答覆，所以我們仍然是情人！」
「妳知道自己的說法很扯嗎？」
「不知道就是不知道！」
「小孩子鬧脾氣嗎！」朝姬同學拉高嗓門。
「不好意思，有坂同學，妳做了相當殘酷的事喔。有人會當成玩笑帶過，也有人並非如此。希墨是認真的。然而，妳因為自己的情況玩弄了情人，背叛了他。」
「那種事情，連我也明白！」
夜華一瞬間快要陷入沉默，卻還是回嘴了。
「不要理直氣壯啦，真是的……」
「外人別插嘴！」
「插進事情中的人是有坂同學吧。對我們來說，外人可是妳。」
「別把我的男人歸到妳那一邊。希墨是屬於我的！」
「妳還真有福氣啊。貪婪。」
「不管妳怎麼說都無所謂。我只要有希墨就夠了。希墨是我的一切，只要有希墨在，我就很滿足。瀨名希墨是我的一部分，少了他，我已經活不下去了。他無可取代，所以我不會讓給妳。我一輩子都不會放手！」

平常對同學板著臉孔的夜華消失了。

她竭力地傾吐著全心全意的所有感情。

「——！區區的高中生戀愛，妳也太誇張了。」

「那就讓開。如果妳敢礙事，我不會放過妳。明明無意誓死奮戰，那就別對我的男人出手。」

有坂夜華認真起來了。

她將心中堅定不移的愛轉化為自信，發揮出原本壓抑的力量。

終於兼具了狂暴的美麗與堅決愛意的美女。

「除了我之外，希墨絕對不准喜歡上別人！」

夜華的愛響徹整個教室。

即使是朝姬同學也只能傻眼了。

「抱歉，看樣子是我誤會了。我的情人只有有坂夜華一個人。所以，我可以當作沒聽到剛才那些話嗎？」

「就這麼辦。如果有坂同學以這種狀態盯上我，高中生活可能會麻煩得要命呢。總之我會忘了今天的事情。」

「謝謝妳，朝姬同學。」

非常成熟的她，彷彿什麼也沒發生過一般離開教室。

直到完全看不見她的背影為止，夜華一直都沒有放下防備。

「夜華，剛剛那是——」

「被那個女人告白，你有點動搖對吧。」

夜華撲進我的胸膛。

她使勁將額頭貼上來，藏起臉龐。

「那是因為，我沒想到她居然是認真的。」

「宮內同學在春假時向你告白的事，你也沒有告訴我。」

「因為那部分有隱私的問題，又是在我聽到妳的答覆之前。剛才的事對我來說也是完全猝不及防……」

「希墨意外地受歡迎。」

我的女朋友澈底鬧起彆扭。

「——雖然對她們過意不去，我沒發現她們對我有好感。」

「你也超過半年都沒發現我的心意啊，遲鈍的傢伙。」

「那是夜華妳很擅於隱藏啦。」

「在交往以後，你就知道其實是正好相反吧。」

「我一直喜歡有坂夜華。至今都是，往後也是。我不可能喜歡夜華之外的女生。我不想與妳分手，我想一直跟妳在一起。」

比起在櫻花樹下表白心意時，我更強烈地傳達了愛意。

「……其他事都無關緊要，我能夠忍受。但唯獨希墨是例外。我很不安。我總是很害怕，要是希墨討厭我了該怎麼辦。」

「我也對於自己為何能跟夜華交往感到不可思議喔。」

「你還擔心嗎……？」

「不～因為我聽到了足以將春假的苦等一筆勾銷的熱烈告白啦。」

「我喜歡的人——就只有希墨嘛。」

「那麼，可以當作沒有分手這件事了嗎？」

「我沒聽到答覆，所以不知道。」

「……就當作是這麼回事吧。」

我用手環住她的背，緊緊地擁抱她。

「真抱歉喔，我是個麻煩的女朋友。」

夜華也抱緊了我。

「我好喜歡你，希墨。」

「我現在已經知道了。」

不管任何人怎麼說，我們都是兩情相悅的情人。

第十二話　我最想要的東西

第十三話　想在堂堂公認之下，卿卿我我

隔天一大早，神崎老師向班級發出了一個通知。

「最近針對特定學生的傳聞，我聯繫了其家人，已確認該學生當時人在家中。因此傳聞完全是毫無根據的謠言。今後，若發現有人對此事作出錯誤發言，我會將人找來學生指導室。這也會影響到在校成績，請做好心理準備。我期待大家展現作為高中生有分寸的態度與有判斷力的言行舉止。」

神崎老師按照約定，確實地支付了報酬給我。

正如剛才那番話，那天早晨在車站前的男女不是我與夜華——事情就這麼決定了。

她發揮精采的高壓攻勢，完美地掩蓋了夜不歸家事件。

其他老師們也認為既然是神崎老師特地調查後的結論，那不會有錯，接受了這個說法。

她一直以來踏實地累積著作為教育者的信賴感，在關鍵時刻起了很大的作用。

我十分感謝，幸好這個人是我們的班導。

後來我問過夜華，她告訴我「據說那個老師跟姊姊串通，以這樣的情節把事情解決了。

因為我姊姊也是這裡的畢業生，還是從一年級開始就擔任學生會長的顯眼學生，年長的老師

好像也很熟悉她」。

「我們也要感謝妳的名人姊姊的威望啊。」

「就算期待我有同樣的表現，我就是我喔。」

夜華乾脆地斷言。

她的口吻顯得比以前談論家人時輕鬆。

「妳姊姊乾脆地就接受了妹妹在外面過夜的事嗎？」

「她反倒興致勃勃。姊姊可是拚命地逗弄我，要我把男朋友介紹給她認識。」

夜華露出像是害羞，又像是為難的複雜表情。

她對姊姊抱著自卑情結，但看來並不討厭她。

我將在另一個機會中，認識到有坂姊妹不能以常理度之的距離感。

在剩下的事務性通知告一段落後，老師開口說「班長，喊口令」，準備結束早上的導師時間。

「神崎老師。我可以發言嗎？」

「……無妨。」

我走向講台。

夜華不安地看著我。

我沒有告訴她這件事。

我站上講台。同學們的視線一集中過來，果然會讓人緊張。

「呃～所以關於某個人早上才回家的傳聞證實是謠言了，如果做事粗心大意，學校就會聯絡家裡，這是一個教訓了吧？大家也要注意喔。」

我馬上拿這個當哏開了玩笑，大家無所顧慮地笑了。

「除此之外，我有一件個人的事要報告。雖然我希望大家保密別說出去——」

教室裡一片寂靜。

我之前在心中某處認為，我和夜華的差距一輩子也無法填補。我理所當然地接受了落差情侶這個說法。我是有坂夜華的附屬品。

我認為我會就這樣躲在夜華的影子下，一直和她交往下去。

不過，他人的評價無關緊要。

如同瀨名希墨打從心底喜歡著她，有坂夜華也很喜歡我。

我與夜華是對等地兩情相悅。

我做好新的覺悟。我毫無迷惘。我們不必回到什麼朋友關係。

「我和有坂正在交往。夜華是我的情人。」

我在同學面前，堂堂地發出情侶宣言。

「啊～～？喂！為什麼說出來啦！」
夜華慌忙站起來，卻已經太遲了。
「這種事情還是說個清楚更爽快吧。」
我挺起胸膛回答。
教室充滿了關注我和夜華的微溫氣氛。
「瀨名～你們早就露餡啦！」
「太好了，墨墨、夜夜～！」
七村和小宮搶先給予反應。
「別從早上就開始卿卿我我，笨蛋情侶。」朝姬同學露出苦笑。
「嘿！超級落差情侶！」「你抽中特獎啦，班長！」「要幸福喔！」「別馬上就被拋棄了喔！」「教教我你追到她的技巧！」「啊～我本來還覺得瀨名同學雖然不起眼，卻意外地不錯的說～」「請問兩位交往的契機是？」「超羨慕——的～」「她可是在班際球賽時熱烈地加油了呢！」
從同學們的反應來看，由於夜華升上高二後的變化與在球賽時為我加油，他們隱約地覺得「這兩個人感情真好」。
這也是當然的。
——我們從一開始就弄錯了前提。

比誰都顯眼，不跟任何人說話的美少女唯一會交談的男學生是我。
很遺憾的是，夜華所希望的祕密談戀愛，打從一開始就不可能實現。
「希墨！你在想什麼呀！」
夜華面紅耳赤地逼近講台的我。
「我只是發出情侶宣言啊。」
「大家都知道了！怎麼辦啊！」
夜華真的很生氣，而我抓住她的肩膀，將她轉過來面向同學們。
「夜華妳跑向我，成為了完美的證據。已經太遲了。」
「咦，不會吧？」
我們還殘留著剛交往不久的青澀，周遭的大家對我們投以微溫的目光。
「那個，這個。呃……」
夜華試圖逃走，但我抓著她沒鬆手。
「看吧。即使並非周遭所有人都是夥伴，也沒必要什麼都害怕的。」
「突、突然這樣下猛藥也太過火了！」
「偶爾由我來擺布夜華也可以吧。」
「才不可以！」
「這麼一來，我們在教室裡也可以公開地說話嘍。夜華。」

「還是不行！感覺好害羞！」
「夜華。妳遲早會適應的。」
「真的……嗎？」
驚慌失措的夜華表情變來變去，似乎終於讓同學們產生了親近感。
如果要為所有人的心聲代言，那應該是「有坂同學好可愛——」吧。我也這麼覺得。
「……希墨，你太蠻幹了。」
「若非這樣，我就沒辦法對妳告白嘍。」
害羞的夜華大概正拚命忍住想躲到我背後的衝動吧。
其實，我想獨占可愛女朋友的魅力。
不過，我認為踏出這一步會使夜華變得更有魅力。
我希望我們是一對可以像這樣改變彼此的情侶。
若是普通的戀愛喜劇，交往或許是終點，但我和夜華才剛剛開始。
與情人共度的快樂日子，來日方長。

完

後記

初次見面，還有好久不見。我是羽場楽人。

感謝各位這次閱讀《除了我之外，你不准和別人上演愛情喜劇》。

這部作品，是從成為兩情相悅的情侶後展開的愛情喜劇。

同時也是一名不愛交際、不擅溝通的女孩，遇見了雖然平凡卻能為了對方去行動的男孩，以此為契機漸漸建立自信的故事。

有緣與各位相遇，真是值得感激。

在這個世界性鼓勵家裡蹲的新冠肺炎時代，大家都是怎麼過著生活的呢？

撰寫本作的初校稿時，我沒想到與他人見面會變得如此困難。

幸好，拜網路這項科技所賜，我們即使身在異地也能進行溝通。這本小說的製作在後半段也完全是透過遠距作業進行，才得以順利送達各位手邊。

如果讀者能從作品中獲得樂趣，對於創作者而言是無上的喜悅。

這個故事是虛構的，但唯有一點加入了我的實際經驗。

那就是被班導指派為班長這件事。

進高中就讀的第一天，在放學時的導師時間，只有我突然被叫進教師辦公室，當時我感到非常焦慮。雖然自己毫無頭緒，我一邊緊張地擔心挨罵一邊前往教師辦公室，結果老師詢問我願不願意擔任班長。

無法拒絕到底的我，之後與班上的美少女墜入愛河——這種事情當然沒有發生。因為我讀的是男校。

責任編輯阿南先生，我們同樣出自男校，這次也很感謝你。

插畫イコモチ老師，我堅持認為，只有這個人才能具現化本書的角色，真的很高興願望能夠實現。看到角色設計圖時，我感到夜華他們躍然畫稿之上。謝謝您提供精彩的插畫。

設計、校對、業務等為本書出版給予助力的相關人士，我謹在此致謝。

我的家人、朋友還有同行，我期待著能再度與大家輕鬆出外吃飯的日子。

以上，是羽場楽人的後記。我們第二集再見。

BGM：坂本真綾《Be Mine》

男女之間存在純友情嗎？
不，不存在！
七菜なな
插畫／Parum
Flag 1.
不然到
三十歲還單身
就跟我
在一起吧？
Kadokawa Fantastic Novels

一點都不想相親的我設下高門檻條件，結果同班同學成了婚約對象!? 1 待續

Kadokawa Fantastic Novels

作者：櫻木櫻　插畫：clear

從假婚約開始的純真戀愛喜劇，就此揭開序幕。

高瀨川由弦對逼他相親的祖父提出「若是金髮碧眼白皮膚的美少女就考慮看看」的高門檻要求，結果現身眼前的是同班同學雪城愛理沙？兩人基於各種考量訂下假「婚約」，並為了圓謊而共度許多甜蜜時光。此時家人卻說「想看你們親暱的照片」……！

NT$250/HK$83

繼母的拖油瓶是我的前女友 1~5 待續

Kadokawa Fantastic Novels

作者：紙城境介　插畫：たかやKi

純真無悔的單相思，
以及再次萌芽的初戀將會如何發展——？

自從結女在夏日祭典確定了自己的感情後，兩人變得更加在意彼此。而當暑假將近尾聲，照慣例泡在水斗房間的伊佐奈，不慎被結女母親撞見她與水斗的嬉鬧場面，在眾人眼中升級成了「現任女友」！然後，伊佐奈與水斗的傳聞，進一步傳遍新學期的高中……

各 **NT$220~250/HK$73~83**

國家圖書館出版品預行編目資料

除了我之外，你不准和別人上演愛情喜劇 / 羽場楽人作；K.K. 譯. -- 初版. -- 臺北市：臺灣角川股份有限公司, 2022.03-
冊；　公分. -- (Kadokawa fantastic novels)
譯自：わたし以外とのラブコメは許さないんだからね
ISBN 978-626-321-283-1(第1冊：平裝)

861.57　　111000488

Kadokawa
Fantastic
Novels

除了我之外，你不准和別人上演愛情喜劇 1

（原著名：わたし以外とのラブコメは許さないんだからね）

2022年3月28日　初版第1刷發行
2022年6月27日　初版第2刷發行

作　　者：羽場楽人
插　　畫：イコモチ
譯　　者：K.K.

發 行 人：岩崎剛人
總 編 輯：蔡佩芬
編　　輯：黎夢萍
美術設計：李思穎
印　　務：李明修（主任）、張加恩（主任）、張凱棋

發 行 所：台灣角川股份有限公司
地　　址：104台北市中山區松江路223號3樓
電　　話：（02）2515-3000
傳　　真：（02）2515-0033
網　　址：www.kadokawa.com.tw
劃撥帳戶：台灣角川股份有限公司
劃撥帳號：19487412
法律顧問：有澤法律事務所
製　　版：尚騰印刷事業有限公司
ISBN：978-626-321-283-1